文芸社セレクション

魂の絆

小幡 等

OBATA Hitoshi

JN166202

文芸社

目次

魂の絆

第一章　霊媒

『人間は死の瞬間に時間そのものを失うのだから、そこで明らかになる精神的人格は、交霊術や輪廻転生が思い描くような、死後も生き続け、さまよう「霊魂」とは異なるものである。精神的人格は不可知なものであり、空間と時間の彼岸にあるものなので、死後もなお生き続けるもの（死後生）というよりは生き残るもの（超生命）である。それについては否定神話学的に、あるいは否定精神学として語るしかない。つまり、精神的人格は死すべきものではない。不死であり、不生である』

ヴィクトール・エミール・フランクル

第一節　魂の存在及びその不滅性をめぐって

1

その霊媒は、目の前のテーブルにおかれた香を焚くとゆっくりと振り返り、燭台の上の十本の蠟燭に順々に火をつけた。部屋の中に薄明かりと伽羅の香りが漂っている。

「こんな儀式は、本来交霊には必要ありません。ただ、神秘的な雰囲気を味わいたいというクライアントも多いものですから」

そう言って、私のほうに向きなおった。

ある学者は、いわゆる霊能者を三つのパターンに分類している。一つめは、利益追求のための確信犯詐欺タイプ、二つめは、自己顕示的確信犯詐欺タイプ、三つめは、妄想により自分自身も欺いてしまうタイプ、である。もっともこの学者は、心霊を完全否定しているので、「本物」という分類は存在していない。私の目の前の霊媒は、利益の追求をしなければ、自己顕示欲もない。なぜならば、交霊の謝礼は一切受けとらないし、マスコミに登場したり、SNSなどの媒体による宣伝をしたりもしないからだ。ただ口コミで紹介されたクライアントにのみ交霊を行うのである。つまり、妄想型か本物か、ということになるだろう。

「あなたはどのようにして霊を引き寄せるのですか？」

私は最初の疑問をぶつけてみた。すると霊媒は、何度かゆっくりうなずきながら落ち着いた口調で回答する。

「こころのチャンネルを切り替えるとでも言いましょうか。物理的世界ではない世界とコミュニケートできる言語のようなものを使います」

「言語のようなもの？」

「ええ。ネイティブに近い外国語を話す人は母国語でなくその言語で考える、と聞いたことがあります。その感覚と似たものでしょうかね」

「それは音として聞こえるのですか？」

「いえ、発声はありません。いうなればこころで感じるのです。現状我々が使っている言語とは異なります。しかし、私の経験からすると、向こう側がどの国の言語を使っていたとしても、コミュニケートのなかでは問題ありません。よく使われる言葉で例えるならテレパシーのようなものでしょうか」

「あなたはいつ頃からその能力に気づかれたのですか？」

「あれは六歳の時でしたかね。私は、重症の水疱瘡と髄膜炎を罹患し、生死をさまよいました。高熱が数日続いた後、全身が麻痺してしまい、二ヶ月もベッド上で過ごす生活を強いられました。再び動けるようになった頃、今の能力を感じるようになったのです」

「何か後遺症のようなものは残りましたか？」

いわゆる霊能力の開眼については、五感のどこかが欠けていると第六感が発達するという説もある。

「いえ、とくには。ただ、当時はまだ子供だったので、聞こえたり感じたりすることをそのまま大人に伝えたりしたので、周囲から『この子は少しおかしいのではないか』と思われていたようです」と霊媒は静かに笑った。

この霊媒を私に紹介してくれた友人は某大学の物理学者だ。彼は、はじめ半信半疑でこの霊媒の交霊を受けたのだが、霊媒が絶対に知る由もない個人的な事柄を話すのを目の当たりにし、「それはまさに霊からのメッセージとして信じる以外になかった」と私に話してくれた。ただ、立場上、彼はこの話はほとんどしていない。

霊媒の後ろで十本の蠟燭の炎が細く揺れだした。

2

人の死は何時も寂しい。それが愛する人であったならその悲しみは底知れない暗闇である。妻、富士子を亡くして三年がたった。最初の一年は全くの暗闇であった。朝起きてから夜寝るまで、こころはまるで大きなアイロンで押さえつけられたかのように動かない。ただ生きているだけの毎日だった。将来の夢なんてもはやどこにもない。毎日の日常も罰ゲームのように乾燥した時間が流れていく。グリーフケアの本を頼りに何とか生きていこうとする自分がいた。そんな日々で出合った一冊の本がある。『家族を亡くしたあなたに（キャサリン・M・サンダーズ）』だ。私はこの本を何度も読み返すことによって、現在の自分が決して狂ってはいないこと、当然の状況であることに慰められた。それでも一年を過ぎ、二年が過ぎたころから、ようやくその日一日をなんとかやり過ごして生きることができるようになった。やがて三年が過ぎ、定年前ではあるが、仕事を辞めた。それは退廃的な気分からそうしたのではなく、残りの人生を好きなように生きたい、と強く思ったからだ。

そして、私は、富士子に会いたいと願った。実は、この三年間に何度か、これは富士子が来ているのではないか、と感じる事象があった。富士子は蜘蛛が好きであった。理由は蜘蛛がゴキブリを積極的に食べてくれる「益虫」だからだ（富士子は、ゴキブリをこの世で最も嫌っていた）。その蜘蛛が、時々部屋に現れるのだ。それも単に「いる」のではなく、私が座っている机の上をゆっくりと行ったり来たりして、私の前に来るとこちらのほうを向いたりする。また、玄関で突然、糸を伝って私の顔の前に降りてきたこともあった。他愛もない偶然だと言ってしまえばそれまでかもしれないが、私にとっては大きな意味付けのある事象であった。

　また、当時入院中だった父は富士子の死後、一週間後に逝去するのだが、富士子の死を伏せてあったにもかかわらず、面会に行った私にこう言ったのだ。

「お前、葬式で飲みすぎちゃだめじゃないか」

「誰の葬式？」

「富士子の葬式だよ」

　この時期の父は、寝たきりによる認知症が進んでいたために意味不明のことをよく言っていたが、あたかも見てきたようなこの会話には、周りにいた誰もが驚いた。それから数日後に父は静かに人生を閉じた。最後の日には「義治が来ている」と祖父の名前を連呼していた。父の目には、亡くなった富士子や祖父の姿が見えていたのだろうか？

　霊魂があるかどうか、それはまだわからない。でも、富士子に会う方法があるのであれば、なんでも試してみたい。そう思って私は伝手を頼りにこの著名な霊媒に会いにきたのだ。

3

「あなたは、カール・デュ・プレルという哲学者をご存じでしょうか?」

　霊媒は私の前に腰を下ろしながら言った。

「いえ、はじめて聞く名前です」

「デュ・プレルは、人間精神の未知なる領域を探り、そこから将来的な発達の可能性を見いだそうとしました。例えば、彼は、死者の魂とトランス状態の霊媒との交信を観察することで、死と生とは空間的に隔てられているのではなく、単に感覚によって、つまり死者の声を捕らえられるか否かという点において分けられているのだと考えたのです。生きている人間と死者とは、空間を共有しています。しかし、少なくとも特別な能力を持った人間にしか見えませんし、声を聞くことはできません」

「それがさきほど言われた言語のようなものだと?」

「はい。私にどうしてそのような能力があるのか、それは私にもわかりません。ただ、デュ・プレルはこうも言っています。『人間が将来的に発達してゆくことで、もしかしたら地上に生きている人間にも、死者の魂と交流することができるようになるかもしれないし、他の惑星に住む人々と言葉を交わすこともできるようになるのではないか』と。彼の時代から一世紀を経た今でも、状況はさほど変わっていません。いや、科学が進めば進むほど、こうした能力は否定されているようにも思えます」

薄明かりのなかで、霊媒と私の間に伽羅香の白い煙が一筋立ち上っていく。

4

魂の存在及びその不滅性をめぐっては、古代ギリシャから今日に至るまで、哲学・心理学・脳神経学など、様々な領域で議論がなされてきた。

霊媒が語ったデュ・プレルは、「夢についての哲学的な研究（一八六八年）」により、テュービンゲン大学より博士号を授与されている。そのデュ・プレルが活躍した時代、それは現代社会を決定づけるような様々な技術—鉄道・電話・映画など—が登場した時代でもある。そしてダーウィンの『種の起源』が刊行されたのが一八五九年。まさに科学的世界の幕開けであった。デュ・プレルは、最も影響を受けた思想としてダーウィンの進化論、ショーペンハウアーおよびエドゥアルト・フォン・ハルトマンの哲学、そしてエルンスト・カップの技術の哲学を挙げている。

カップの技術の哲学とは、器官投影として知られているもので、人間のつくる道具は、身体の代用、延長として発生し、さらに身体を補強し発展させるものとなるという考えである。例えば、エックス線は透視を、電信はテレパシーを予感させる。

一方この頃、欧米では心霊主義も流行の兆しを見せ始める。その端緒となったのが、一八四七年のフォックス姉妹による霊との交信に成功したというニュースである。これをきっかけに、一八五〇年代のアメリカでは心霊主義を研究するサークルや学会が組織された。また、一八六九年にはイギリスで心霊研究協会が組織され、科学的な知識を持った人々も心霊研究に関与するようになった。つまり、心霊は初めて「科学」的方法論に基づく調査の対象になったのである。イギリス心霊研究協会は、物理学者ウィリアム・フレッチャー・バレットの提案で設立され、ケンブリッジ大学の教授であったヘンリー・シジウィックが初代会長に選出された。シジウィックが中心となったことは、協会の社会的信用に大きく貢献することとなる。その結果、生物学者ウィリアム・ベイトソン、数学者ルイス・キャロル、物理学者オリバー・ロッジ、評論家・美術評論家ジョン・ラスキン、作家アーサー・コナン・ドイルなど、各界から様々な名士が参画。十九世紀末イギリスで代表的な知識人・文化人が集まる学会のひとつになったのである。

5

「人間の進化の過程で将来的にあなたのような能力を持った人類ができあがるということでしょうか？」

「デュ・プレルの主張はそのように思えます。生物はなぜ死ぬのか。生物学的にいえば、進化するため、ということになります。進化とは、変化と選択の繰り返しです。そう考えると、デュ・プレルのいうような進化があっても不思議ではない。そして、デュ・プレルにおける中心的な問題は、進化を続ける宇宙の中での人間の発展可能性という点であった、とも言われています。もっとも、あなたが私の力を信じれば、ということですが」霊媒は軽く微笑みながらそう言った。

6

霊媒の能力を認めること、それはすなわち死後の世界の存在があると証明することでもある。富士子が逝去するまで、私は死後の世界について考えることはついぞなかった。私の実家には仏壇もなかったし、両親とも無宗教であったから私も自然と、人は死ねば土にかえるだけだ、と思っていた。しかし、今の私は死後の世界や魂の存在を証明したくて、そのための証拠を探している。

『神の存在・死後の世界に対する見方（二〇一七〜二〇二〇）』という統計資料がある。これは、世界数十カ国の大学・研究機関の研究グループが参加し、共通の調査票で各国国民の意識を調べ相互に比較する『世界価値観調査』の一部だ。『世界価値観調査』は各国毎に全国の十八歳以上の男女、最低千サンプル程度の回収を基本とした個人単位の意識調査である。

「死後の世界」について、バングラデシュ、トルコ、ヨルダン、チュニジア、イランでは90％以上の人が信じており、パキスタン、エジプト、レバノン、ミャンマー、フィリピン、ナイジェリア、エチオピア、マレーシア、グアテマラ、ジンバブエ、タジキスタン、インドネシア、メキシコ、ボリビア、プエルトリコ、ペルー、米国、エクアドル、ボスニア・ヘルツェゴビナ、ポーランド、チリ、コロンビア、アゼルバイジャン、アルゼンチン、アイスランド、タイ、台湾、ブラジル、ルーマニア、キプロス、オーストラリア、リトアニア、ジョージア、マケドニア、クロアチア、カザフスタン、スイス、オーストリアでは90％から50％の人が信じていると回答している。日本では、信じる、信じない、わからないがほぼ同じ結果となっている。

この結果をどう受け止めるかは人それぞれだ。今日、科学的には霊魂の存在は否定されている。それにも拘わらず、これほど多くの人々がその存在を信じていることに、私は少し驚いた。

また、こんな話もある。アメリカ合衆国マサチューセッツ州の医師ダンカン・マクドゥーガルは、人間が死ぬ際の体重の変化を記録することで魂の重量を計測しようと試みた。彼は六人の患者と十五匹の犬を使い、死ぬ時の体重の変化を記録した。その結果、人間は死に際に、数グラムから40グラムの呼気に含まれる水分や汗の蒸発とは異なる何らかの重量を失うが、犬ではそういった重量の損失が起こらなかった、と報告した。この実験結果は、一九〇七年に心霊現象研究協会（The Society for Psychical Research）の『Journal of the American Society for Psychical Research』、ニューヨーク・タイムズや医学雑誌『American Medicine』に掲載されている。これを契機として「人間の魂の重さは21グラムである」という説が広まった。この21グラムという値は六人の患者での平均結果と言うわけではなく、一人目の患者での結果である四分の三オンス（およそ21・262グラム）に由来するそうだ。二〇〇三年に制作された映画『21グラム』のタイトルは、「人間の魂の重さは21グラムである」という説を元にしている。

7

「交霊を始める前に、いくつか質問があるのですが」

「何でも聞いてください。私でわかることであればお答えいたします」

霊媒はゆったりと座りなおしながらそう言った。

「あなたには、霊の姿が見えるのでしょうか？」

「いえ、姿は見えません。感じるだけです」

霊媒は遠くを見るようにしてそう答えた。

「富士子はすでに荼毘に付されています。身体は骨を残して消滅してしまいました。つまり、いわゆる霊魂を感じるということですか？」

「その呼び方が正しいかどうか私にもわかりません。ただ、何らかのエネルギーのようなものとして存在しているのではないですかね」

「ということは死とともに身体と分離した何かが存在していて、あなたはそのものと交信をすると？」

「はい。おそらく向こう側からも同じものを感じているのではないかと思います。身体は殻や洋服のようなもので、そのなかにあるものは同じではないかと」

「あなたは、どうやってそれを見つけるのですか?」

「そうでした。一つ説明をしておかなければいけませんでしたね。交霊に入りましたら、あなたは奥様に会いたいと真剣に願い続けてください。奥様もあなたにお会いしたいと願っておられましたら、その思いが共鳴し、私を通して繋がることができます。シンクロニシティのように。もしも、奥様がそう望んでおいでalong でなければ、残念ながらお二人を繋げることはできません」

8

私の拙い知識によれば、哲学の分野において魂の存在についての議論の嚆矢は、プラトンの対話編『パイドン』等に描かれたソクラテスではなかろうか。ソクラテスは、「死とは魂の肉体からの分離」であり、「哲学者は飲食・豪華衣類・装飾品を追求せず、魂に関心を持ち、できるだけ魂を肉体の交わりから解放する者であり、それゆえに多くの人々に肉体的快楽を味わわない死人同然の者だとみなされている」とし、「知恵の探求・獲得において、頼りになるのは思考のみであり、肉体の諸感覚は役に立たないどころか邪魔になるので、哲学者の魂は肉体を最高度に侮蔑し、そこから逃亡し、自分自身だけになろうと努力する」ものだと説いている。

そして、ソクラテスは「大昔から浄めの秘儀を成就してから冥府に至る者は神々と共に住むと言われているし、自分の考えではそれは正しく哲学した人々のことであり、自分もその仲間に加わろうとあらゆる努力をしてきた」のであり、「以上が死を前にしても苦しみも嘆きもせず、冥府に対して希望を持っている理由だ」と述べ、紀元前三九九年、ドクニンジンの杯をあおり、いわば喜んで刑死したとされる。

魂と身体とが別、というういわゆる二元論は、デカルトの「霊魂不滅の証明」にも見出すことができる。デカルトの考えは、概ねこうだ。

「全ての存在を疑うこと、とくに、自分の肉体自分の存在する場所としての世界が実は存在しないのではないかと疑うことは可能である。しかし、考えている自分が存在している以上、その存在を疑うことは出来ない。疑っている事実自体から、自分の存在が明証的に直感されるからである。では逆に、自分が考えることをやめてしまったらどうなるだろうか。私はその場合に自分が存在すると信じるどんな根拠も無いことを発見した。つまり、私という存在は、考えるという事実に支えられており、考えることだけが存在の本質であると考えた。考える＝存在するためには冒頭に挙げた肉体にも世界にもどんな物質的なものにも依存しない。この考える実態こそが霊魂であると私は考えた。肉体は感覚を通して認識される以上、霊魂は肉体より認識しやすいものである。だから、肉体が存在しなくても、考える霊魂は存在し続けるはずである」

つまり、デカルトの主張は、身体は器にすぎず、身体よりも霊魂のほうが優れている、ということであろう。

しかし、デカルトの心身二元論は、その後の哲学の系譜において否定され続けているように見える。ニーチェは「近代人は身体の重要性を忘れている」と言い、スピノザは「彼（デカルト）は精神を身体から裁然と区別して考えていたので、この結合についても、また精神自身についても、何らの特別な原因を示すことが出来ないで、全宇宙の原因へ、即ち神へ、避難所を求めざるを得なかった」として、一元論者としての立場からデカルト的心身二元論の批判を展開した。

現代では、シェリー・ケーガン・イェール大学教授が、「私の見る限りでは、魂（身体から切り離された別個の無形物、意識の在り処）の存在を立証しようとする試みはすべて、けっきょくは成立しない。そうした主張はみな、最後には不首尾に終わる。したがって、私が到達した結論は懐疑的で、魂の存在を信じるべきまっとうな理由はまったくない、というものだ。私たちは二元論を退け、物理主義を受け入れるべきだ」とその著書「死の本質」で語っている。また、最近の英米系の哲学においては、認知科学、脳科学などの成果を基礎として、心と体の問題ではなく、心と脳の関係で論じられる傾向にある。

心と脳の関係で興味深いのが、有名なフィニアス・ゲージの事例であろう。米国の鉄道建築技術者の職長であったゲージは、大きな鉄の棒が頭を完全に突き抜けて彼の左前頭葉の大部分を破損するという事故に見舞われた。何とか生還したが、その脳の損傷により、彼の友人たちをして「もはやゲージではない」と言わしめるほどの人格と行動の根本的な変化を及ぼした事例である。脳は身体の一部だから、脳の損傷により精神が変わってしまうことは、デカルトの唱えた「身体よりも霊魂のほうが優れている」という心身二元論を崩す傍証となりうるのである。

また、さらに私には二つの疑問がある。一つは赤子の死者の場合。当然、知的な成長はしていないのだから、赤子の魂のまま存在するのだろうか？　その場合、もう知的な成長はできないのであろうか？　二つめは認知症などの病的疾患を抱えたまま死者となった場合。その状態のままなのであろうか？　それなら矍鑠としたうちに死んだほうが有利のように思える。

果たして、霊媒の言う何らかのエネルギーのようなもの、つまり魂は本当に存在するのであろうか？

9

「なるほど。富士子が望んでいなければ交霊できないのですね」

「残念ながら、私の力では」

「わかりました。もう一つお伺いしたいのですが、あなたのおっしゃる何らかのエネルギーのようなものが存在するとして、それは身体の消滅後も生き続ける、つまり永遠なるものなのでしょうか?」

「さあ、それはわかりません。ただ、これまでの私の交霊の経験からすると、少なくとも身体の消滅後三十年以上は存在している例があります。私は宗教家ではないので、永遠の生とか、黄泉がえりとか、そうした私の実例のなかでわからないことに言及することはできません」

10

魂の永遠性について、プラトンは次のように考えていた。すなわち、「美、善、正義、数字の完璧なものは物理的な世界には存在しない」、「それにもかかわらず、それらは完全に存在し、心はそれらについて考えることができる」としてイデアの世界を説いた。プラトンのイデアの世界は、物理的世界とは別個の領域である。イデアは物理的な世界に存在しないにもかかわらず、考えたり、研究をしたりすることが可能だ。そして、それを実践するのは心である。身体が使えるのは五感しかないから、身体ではそれを行うことはできない、と説く。つまり、身体は物理的な世界のものとしか接触できない。イデアは、非物理的世界に存在しており、完璧であり、永遠であり、決して変化しない。ゆえに、魂は不滅である、とする。

一方、ソクラテス及びプラトンの弟子、「万学の祖」とも呼ばれるアリストトレスは、イデア論を批判して、個物に内在するエイドス（形相）とヒュレー（質料）の概念を提唱した。これは、霊魂についてのアリストテレスの著書『霊魂について（Peri Psyche）』において、次のように展開される。①「霊魂」は「質料」としての「身体」に対する「形相」としての実体である、②一般に質料と形相は事象（存在と認識）が成り立つ条件である、③質料は素材であり、形相はこれに秩序と統一を与える根本作用である、④形相は個物に内在し個物をその「もの」であらしめる本質である、⑤形相は可能性としての質料を限定することによって実現する存在（個物）になる、⑥それゆえ、霊魂（形相）は骨や肉のような自然の体（質料）の中に埋め込まれている、非物資的、精神的なものであって、合目的的な生命力である、⑦霊魂は自然の体を得て「生きもの」となり、そのとき、生命体を得て生けるものとなる。

さらにアリストテレスは、霊魂を植物、動物、人間を含めて、あらゆる生物の「生命原理」と考え、その霊魂の働きとして三霊魂説を説いている。そのなかで霊魂を植物魂、動物魂、理性魂として分類。人間の理性魂は、①欲求、感覚、運動（場所の移動）という動物魂の機能、②繁殖、栄養という植物魂の機能も果たしているから、③理性魂すなわち霊だけが下位の霊魂の働きとは異なって、身体から分離が可能であって不死である、とした。

一方、霊媒がわからない、といった一つめの黄泉がえりは、キリスト教世界において根本となる考え方だ。旧約聖書では「魂が霊的な存在として、死を超えて生き続けるという考えはない」とされており、新約聖書でもこれを引き継ぎつつ、一方で、魂と身体との区別や霊と肉との対立なども語られている。しかしその場合でも霊的人間に対立する肉的人間が魂的人間と表現され、また死者の復活（黄泉がえり）においても、死すべき魂的身体にかかわる永遠の霊的身体が復活するとされるように、霊魂と身体との対立ではなく、人間全体の自然状態としての命・魂とこれに新たな命を与える神の霊との関係が問題とされている。

また、永遠の生については、東洋的な考え方として、輪廻転生がある。まず、インドの輪廻転生は、魂・精神の永続を説く。しかし、これは業として捉えられ、ここから解脱して、ブラフマンというものに達し、生死の連続から脱し、永遠なる不死の世界に達することが目的とされている。一方、中国においては、老荘思想の輪廻転生があり、こちらは身体・物質の永続が説かれている。物化、すなわち、物になって転生するのである。老荘思想においては、インドの考え方とは異なり、輪廻は苦行ではない。

輪廻転生は、生まれ変わり現象ととらえることができる。ヴァージニア大学精神科の主任教授であったイアン・スティーヴンソンは、一九六〇年代から「生まれ変わり」現象について研究を始めた。スティーヴンソンは、インドでの調査を実施、短期間のうちに二十例を超える事例を発見。その後、スティーヴンソンの研究グループは、東南アジアを中心に前世の記憶を持つとされる子どもたちの事例を二千三百例ほど収集。その成果は『前世を記憶する二十人の子供』の出版によって世に広まった。

スティーヴンソンが取った研究方法はこうだ。まず、二歳から五歳までの間に前世の記憶をよみがえらせた子供とその関係者を研究対象として選定。面接調査により、子供がもつ記憶の歪み、証言者たちの相互の証言の食い違いがないかを確認しつつ、その裏付けとして、語られた前世の家族側の調査も行っている。

子供たちは、前世における死亡時の様子や一緒に暮らした人や物、死亡してから生まれ変わるまでの様子などを語っている。この調査結果では、子供たちが前世の居住環境や親族の名を語り、その証言が事実と符合した例も多く、さらに前世と同じような発話や動作、前世の死に方に関連した先天性欠損や、痣（母斑）などが見られた事例も紹介されている。スティーヴンソンは先天性欠損と母斑については生まれ変わり事例の「最有力の証拠」となるとした。

スティーヴンソンは、二〇〇二年にリタイア。その後、この研究は児童精神科医であるジム・タッカーが引き継いだ。タッカーは、もろもろの仮説をたてたのち、最終的には「個々の事例については、かなり入り組んだ説明になってしまうとしても通常仮説を繋ぎ合わせて無理やり辻褄を合わせることも出来ようが、（生まれ変わり）現象を全体として眺めると、その説明は意味を失ってしまう。過去生の主張が先に来る事例もあれば、行動が先に来る事例もある。どちらの場合でも、通常仮説で説明するのが困難なほど極端な行動が観察される場合が少なくないので、この現象を全体的に説明する仮説はあり得ない。一方の事例群に対する説明が、もう一方の事例群とは正反対になってしまうのだ」として、最も妥当な解釈として残るのは、生まれ変わり説である、とした。この説を採用することで、子供たちがもつ原因不明の恐怖症や先天的欠損、母斑、妙な嗜好や性転換傾向、一卵性双生児の気質の違いなどを自然に説明することもできる、としている。

日本にも生まれ変わりに関する有名な話がある。平田篤胤による『勝五郎再生記聞（一八二三年）』である。平田篤胤は国学者として著名であるが、同時に幽界研究にも大きな関心を払った。幽界に往来したと称する少年や別人に生まれ変わったという者の言葉を信じ、そこから直接幽界の事情を著述している。『勝五郎再生記聞』は、死んで生まれ変わったという武蔵国多摩郡の農民小谷田勝五郎からの聞き書きである。

『勝五郎再生記聞』は、当事者が実在し、生没年や住んでいた場所、墓所などもはっきりわかっているという点で、他の生まれ変わり伝承とは一線を画する。それは、勝五郎が語った内容を、当時の文人・役人・学者などが、同時期に記録し、その記録がずっと伝えられてきたという点にある。内容をまとめると次のような話である。

文政五年十一月、中野村に住む八歳の勝五郎（小谷田姓）が、兄と姉に、自分の前世は、程久保村の藤蔵（須崎姓）で、六歳の時に疱瘡（天然痘）で亡くなったと語りはじめた。勝五郎の話は、やがて父や母の知るところとなり、十二月、勝五郎は生まれ変わりの顛末を以下のように、父母に詳しく語った。藤蔵が死んだとき、魂が身体から抜けだして家に帰ったが、誰も気づかなかった。白い髭に黒い着物を着たおじいさんに導かれ、あの世に行った。三年たったから生まれ変わるのだと言われて中野村の柿の木のある家に連れて行かれた。竈の陰に隠れていると、父母が相談をしていた。それは、家計を助けるために母が江戸へ奉公に行くというものだった。藤蔵の魂は母の胎内に入り、文化十二年十月十日に勝五郎として生まれた。勝五郎の生まれ変わりの話は、両親にとっては信じがたいものであったが、母が江戸に奉公に行く相談をしていたという話は、両親以外の人は知らないことであった。程久保村のことを知っている人に聞いてみると、藤蔵の家は実在し、疱瘡で亡くなった子どもがいることもわかった。藤蔵の家では、母しづ、義父の半四郎がいて、勝五郎が藤蔵によく似ているといって喜んだ。勝五郎は、初めてきたはずの家の中の事もよく知っていて、向かいの「たばこや」（屋号）の木は以前にはなかったなどといって、みんなを驚かせた（藤蔵の屋敷は、今も同じ場所にある）。藤蔵と勝五郎の家は、その後親類のように行き来するようになり、勝五郎は実父久兵衛の墓参りもした。

一八九七年、この記録は小泉八雲の随想集『仏の畠の落穂』のなかに、「勝五郎の転生」として収録され、海外でも認知される事例となっている。

11

輪廻転生に対して、ニーチェはその著書『ツァラトゥストラはこう語った』において、人生は寸分たがわずリピートする。つまり世界には意味がない（ニヒリズム）とする「永劫回帰」の思想を提唱している。永劫回帰とは、この世界は、全てのもの（大いなるものも卑小なものも）が、まったく同じように永遠にくり返されるとする考え方だ。輪廻転生では、人は無数の転生を繰り返す。これは動物に転生することもあれば、人間に転生することもある。輪廻思想のゴールは、ループから抜け出すことにある。一方、永劫回帰では同じ状況、同じ出来事が永遠的に繰り返される。ここでは単に「今の生」が繰り返される。ニーチェは、永劫回帰のゴールは、ループそのものの肯定である、としている。

富士子を亡くしてからの私の人生も永劫回帰と同様に思える。すなわち、朝起きて（生き返る）夜寝る（死ぬ）、また朝起きて（生き返る）夜寝る（死ぬ）……。

さて、魂が存在するとして、それはどのような「生」を送っているのであろうか？

それが、このあとの交霊によって明らかになるとよいのだが。

第二節　心霊と科学

1

「事前にお伺いしたかったのは、この二点です。あなたのお考えは理解しました。それでは、実際に交霊をお願いできますでしょうか？」

「承知いたしました。では、交霊に入る前に私からも少し確認をさせていただいてもよろしいでしょうか？」

「はい、どのようなことでしょうか」

「まず、交霊は私の口を介して行われます。つまり、あなたに聞こえるのは私の声になります。私はあくまで媒介なので、直接、奥様とお話ができるわけではありません。例えば霊媒の中には、直接霊が乗り移り会話をする、というものもありますが、私はあくまで通訳にすぎません。お二人の会話をサポートするだけにすぎないのです」

「なるほど」

「それから私は、お二人のやりとりは忘れるようにします。プライベートなことですからね。従って私のほうではメモや録音などは一切いたしません。交霊の間、私は単なる翻訳機のようなものですから、交霊後、私に何か聞かれてもお答えすることはできません。それをご承知おきいただきたく」

そう言うと霊媒は静かに立ち上がり、一度部屋を出ていった。うす暗い部屋に一人残された私は、十本の蠟燭の頼りない灯りを見つめていた。

2

この世には驚くほどの数の霊媒がいる。そのなかで、科学の世界側からも著名な霊媒が少なくとも二人、存在する。一人はエマヌエル・スウェーデンボリである。スウェーデンボリは、スウェーデン王国出身の科学者・神学者・思想家であり、彼の霊的体験に基づく数多の著作は大英博物館にも保管されている。

カントは、その著作『視霊者の夢』において、スウェーデンボリが能力を実際に証明したという事例を三つあげて検討している。一つめは、ある侯爵夫人に死者からのメッセージを伝えたという事例で、侯爵夫人によれば、当該の死者と彼女自身でなければ知り得ないことが、そのメッセージに含まれていたという。その話はコペンハーゲンの公使から伝わってきたもので、信頼のおける伝聞であるとカントは扱っている。二つめは、スウェーデン宮廷のマルトヴィーユ夫人の失せ物を、スウェーデンボリが霊視によって場所をあてたというもので、この風評に関しては、信用性が充分保証されないものである、とカントはみなしている。三つめは、スウェーデンボリがイギリス滞在中に、ストックホルムで大きな火事が起きていると語ったものである。この大火のニュースは二日後にイギリスにも伝わったが、火事が起きていたのはまさにスウェーデンボリが火事を語った時間だったという。これについては、本物であることが証明できれば、スウェーデンボリの霊能力は疑いのないものとなるだろうと、としている。

しかし、この『視霊者の夢』においてカントは、スウェーデンボリに対して、「夢想家の中で最高の夢想家」と揶揄して一掃し、「彼の大著は空で理性の一滴も含んでいない」などと完膚なきまでに否定している。それにも拘わらず、著作のなかでカントは、「打ち明けて言えば、私は、世界に非物質的な本性のものが存在すると主張し、私の魂自身をそのような存在者に数え入れる、という側に大いに傾いている」としている。以下、いくつか引用する。

「人間の魂はそれゆえすでにこの世において、同時に二つの世界と結びついているものとみなされなくてはならないであろう。それらの世界の内で、魂は身体と結合して人格的統一体となっている間は、物質的世界だけを明瞭に感覚する。それに反して、霊界の一成員として非物質的本性の純粋な影響を授受し、その結果、かの身体との結合がなくなるや否や、魂が常に霊的本性との間に結んでいる交互関係だけが残り、そしてそれが魂の意識の明晰な直観にそれ自らを開示するに違いないであろう」

「われわれが表象するような体系的な霊界の組織が、ただ単に、余りにも仮説的な霊的本性一般の概念からだけでなく、現実的であって一般的に承認された何らかの観察から推論されるか、もしくは蓋然的に過ぎなくとも推測されるならば、結構であろう」

つまり、カントは、スウェーデンボリを例にして、霊魂の知覚をする能力者がいるという考えに傾いている。霊魂の感覚は、「並外れた感受性を備えた器官をもつ人にだけ起こりうる」とカントは述べ、その感覚器官とは、普通の外的感覚の器官でなく、「魂の感覚器官（センソリウム）」であるとしている。

カントは『視霊者の夢』の出版後、ケーニヒスベルク大学の教授に就任。そして一七八一年、『純粋理性批判』を出版し、哲学者として不動の地位を確立した。後にカントは、ケーニヒスベルク大学での講義で次のように語っている。

「スウェーデンボリの思想は崇高である。霊界は特別な、実在的宇宙を構成しており、この実在的宇宙は感性界から区別されねばならない英知界である」（K・ペーリッツ編『カントの形而上学講義』）

もう一人は、ダニエル・ダングラス・ヒュームだ。近代以降でもっとも強力な物理霊媒とされており、生涯一度もトリックだというような証拠を摑まれたことはなく、部屋の暗さや静けさなども問題にしなかったという。

タリウムの発見、陰極線の研究に業績を残すイギリスの化学者、物理学者ウィリアム・クルックスは、一八七一年、ヒュームについて研究し、「ヒュームの心霊現象にはトリックの片鱗すら見出せなかった」との結果を発表している。クルックスは、当初「スピリチュアリズムの愚にもつかない現象を、魔術と魔法のはきだめに放り込んでしまう学者が続出するだろう」という声明をだすように反心霊の立場であった。しかし、ヒュームの調査を終えたのちは、物理学の範疇に入らない新しい力があると考え、その力を「Psychic Force」と命名している。

また、コナン・ドイルは、ヒュームについて次のように語っている。

「彼が彼の得た成果についての立証が求められる際、一般的ではない儀式（怪しげな降霊会）に参加したと言うことで、その人が迷惑をこうむらないことが確信できないかぎり、決して人の名前を引き合いに出そうとはしなかった。ときにはその人たちが自分の名前を公表することを気軽に許可した後でも、気がつかないうちにその人を傷つけるのではないかということを心配して、なおその名をふせていた」

さらにこれはこの能力の証明とは直接関係はないことではあるが、ヒュームは、金銭に関して潔癖であり、金儲けのために交霊会を行うことはなく、奇現象の見返りに金銭を要求することもなかったという。

3

どのくらいの時間が経過しただろうか。

十本の蠟燭は少し短くなって揺れ続けている。

伽羅香は燃え尽きたらしく、煙は消えてしまった。

「おまたせしました」

そういって霊媒が部屋に戻ってきた。霊媒の様子にさきほどまでと変わったものは見られない。霊媒は、私の前まで来ると静かに椅子に腰を下ろす。私は少し緊張しながら霊媒を見つめた。

「少し緊張されていらっしゃるようですね」

霊媒は私を見ながら言った。

「はい、少々。何分はじめてのことですので」

「大丈夫ですよ。何か奇異な現象が起こるわけではありませんから。奥様がいらっしゃったら、あなたが質問をされる。私がそれを変換して奥様に伝える。また奥様があなたに伝えたいことがあれば私にそれを告げる。私はそれを変換して、日本語であなたにお話しする。その繰り返しをするだけです」

「はい」

「それでは準備が整いましたのでこれから奥様との交霊を始めさせていただきます」

といって霊媒はゆっくりと目を閉じた。

4

現代の科学は心霊を否定もしくは無視する。ほとんどの科学者は心霊なんぞ、端から相手にせず、背中を向ける。調べることすらせずに。それでも数は少ないが、先に見たウィリアム・クルックスのように自ら調べたうえで、反心霊主義から転向した科学者も存在する。

以下、簡単に紹介しておく。

アルフレッド・ラッセル・ウォレスは、イギリスの博物学者、生物学者、探検家、人類学者、地理学者で、アマゾン川とマレー諸島を広範囲に実地探査して、インドネシアの動物の分布を二つの異なった地域に分ける分布境界線、ウォレス線を特定した人物である。また、チャールズ・ダーウィンとともに進化理論の発展のために貢献をした十九世紀の主要な進化理論家の一人でもある。ウォレスは、一八六五年に心霊主義の調査を開始。様々な文献を調査するとともに、交霊会で観察した現象をテストしようと試みた。その結果、それらは自然的な現象であるという信念を受け入れている。

オーガスタス・ド・モルガンは、インド生まれのイギリスの数学者、論理学者で、ド・モルガンの法則の発案や数学的帰納法の定式化を行った。モルガンは、その晩年、スピリチュアリズムに傾倒し、透視など超心理学の研究を行った。ウィリアム・クルックスは、このド・モルガンの影響でスピリチュアリズムに傾倒したとされている。

チェーザレ・ロンブローゾは、イタリアの精神科医で、犯罪生物学の創始者であり、「犯罪学の父」とも呼ばれる。ノーベル生理学・医学賞を受賞したカミッロ・ゴルジの指導教官でもある。ロンブローゾは、一八九一年、彼を含む六人の学者からなる委員会を組織し、当時の著名な物理霊媒であったデルガイス夫人ことパラディーノがミラノで開催した交霊会に立ち会って調査を行い、彼女が起こした心霊現象について「真実である」と判断した。

サー・オリバー・ロッジは、イギリスの物理学者、著述家。初期の無線電信の検波器に用いられたコヒーラ及び点火プラグの発明者である。また、エーテルの研究でも知られる。イギリスの生んだ世界的物理学者であると同時に、その物理学的概念を心霊現象の解釈に適用した最初の心霊学者でもある。ロッジは目に見えない世界こそ実在で、それはこの地球をはじめとする全大宇宙の内奥に存在し、物質というのはその生命が意識ある個体としての存在を表現するためにエーテルが凝結したものに過ぎないと主張した。早世した自身の息子レイモンドと交霊しえたと信じて『レイモンド』を著した。この書籍は、日本でも大正時代に野尻抱影らが翻訳し、川端康成などに影響を与えている。

エリザベス・キューブラー・ロスは、アメリカ合衆国の精神科医。死と死ぬことについての研究書『死ぬ瞬間』の著者として知られる。キューブラー・ロスは「死の受容のプロセス」と呼ばれている「キューブラー・ロスモデル」を提唱し、まさに死の間際にある患者とのかかわりや悲哀（Grief）の考察や悲哀の仕事（Grief work）についての先駆的な業績で知られている。一九九九年には、タイム誌が選んだ二十世紀最大の哲学者・思索者百人のうちの一人にもあげられている。キューブラー・ロスは、体外離脱を体験し、霊的存在との交流などを著書や講演で語った。

第三節　交　霊

1

この朝、私のこころは久方ぶりに弾んでいた。そう、まるで初めてのデートの朝のように。富士子に会えるとしたらおよそ三年ぶりだ。どんな顔をして会えばよいのだろうか？　そして何を話せばよいのだろうか？　聞きたいことは山ほどあるし、伝えたいこともたくさんある。富士子は何を話してくれるだろうか？　どんな格好をしていけばよいのだろうか？　何かプレゼントを持っていくべきだろうか？　そんな感じに、滑稽なぐらい弾んでいたのだ。

霊媒の家を訪ねる電車のなかで、私は富士子との楽しかった思い出を反芻していた。二人で毎年訪れた伊豆高原の温泉宿。富士子は右乳房を全摘していたから、露天風呂付のこの宿が気に入っていた。朝から晩まで温泉に浸かったり部屋で横になったりお互いにマッサージをしあったり。夜中に起きて露天風呂に浸りながら二人で眺めた満天の星々。特別なことはしないけど、ゆったりと一緒に過ごす時間はまさに至福であった。帰りが近づくと、富士子はいつもなごり惜しそうに「また連れてきてね」といった。

桜の花見。富士子は桜が好きであった。咲いているときはもちろん、ひらひらと舞う花びらをとろうと、二人でよく手を伸ばしたものだ。私が花びらをつかむと「今年も桜のチケットをゲットしたね。桜の国に行けるよ」と富士子は言った。桜の国って何だったんだろう？　そうそう乳癌で入院していたのがちょうど桜の時期で、病院の敷地に植えられた桜を二人でみたこともあったっけ。

「あと何回、桜をみれるかな？」

少し寂しそうに富士子がつぶやいた。それでも十年見ることができたね……。

富士子は料理が大好きだった。自分は好き嫌いが多いくせに私のためにいろんな料理を作ってくれた。新婚はじめての正月、私は富士子が作ったおせち料理に驚かされた。海老の奉書巻き、筑前煮、だしの効いた数の子、などの本格的なおせちの他、うずらの卵を包んだミニハンバーグや芥子の実団子、あられ団子などを組み合わせて、木の板に綺麗に盛り付けてあった。それから毎年、私は正月が一年で一番好きになった。最後の年は手術後でおせちをつくることができず、百貨店のおせちをとった。

「ごめんね。できあいで」

すまなそうに富士子は言った。

富士子はＤＩＹや洋裁など何かを作ることが好きだった。すのこでラックを作ったり竹材で籠を編んだりミシンで私のパジャマや洋服を作ったり。私の書斎はいつの間にか富士子の工作部屋になっていた。私の誕生日やクリスマスには、いつもプレゼントを作ってくれた。富士子が作る洋服の類には、二人だけの秘密が縫い付けられていた。

「ここに縫い付けておいたからね」

笑いながら富士子は言った。

まだまだ思い出はいっぱいある……。

2

どのくらいの時間が経過しただろうか。霊媒はゆっくりと目を開けると、おもむろに「最初に、奥様からあなたに感謝したいことがあるそうです」と言った。

「感謝?」

「奥様の最期は病院でしたか?」

「ええ。その通りです」

「あなたがずっと話しかけていたことは、全部聞こえていたそうです」

「話しかけていたこと?」

「はい。あなたは奥様に感謝の言葉を耳元でささやき続けていませんでしたか？ その時、奥様にはもう視界はありませんでしたが、あなたの言葉はきちんと届いていたようですね。奥様はそれがすごくうれしくて、温かくて、死んでいくことも怖くなくなった、と言っておられます。それから、あなたが、やるだけやったらそっちに行くから待っていてくれ、と言ってくれたことが本当にうれしかったと」

3

二〇二〇年六月『Scientific Reports』は、『終末期の聴覚温存の電気生理学的証拠（エリザベスG・ブランドン、ロメインE・ギャラガー＆ローレンスM・ワード）』という論文を掲載している。これはカナダのブリティッシュコロンビア大学の研究で、すでに意識が失われているホスピスの入院患者に対して、五音だけで構成された曲を流し、その脳の活動を計測するという実験だった。曲は同じ音が反復されるだけだが、ときおり音色やパターンが変化する。意識のある人がこれを耳にすれば、その脳には特有の反応が生じる。実験では、すでに意識が失われている患者までもが同じ反応をしたことが確認された。つまり、これは聴覚がまだ機能しているサインであるという。音が聞こえることと、それを理解していることとはまた別の話ではあるが、研究チームの一人ローレンスM・ワードは反応の分析結果から、「理解の一形態を示していたとしてもおかしくはありません」とインタビューのなかで答えている。

4

「本当に、富士子がそう言っているのですか？」

私はいきなり度肝を抜かれ、かなり上ずった声で霊媒に確かめた。

「ええ。とても感謝されていますよ」

5

富士子は癌を患っていた。十三年前乳癌にかかり十年経過した後、今度は子宮体癌と診断された。それも脱分化型という悪性度が高く、高頻度に転移を生ずる癌と診断された。十一月に手術を受け、その後、食生活の見直しや運動、自家癌ワクチンの接種、ヒーリング、民間療法など、とにかく体に良いといわれることはありとあらゆることを試した。

翌年の六月、いきなり脾臓のあたりに拳大の腫瘍が見つかり、七月末にあっという間に逝去した。最後の一ヶ月、私は休職し、つきっきりで介護をした。腹膜播種のためおなかが腹水でパンパンに張り、たべることができなくなった。そのとき試していた抗がん剤が効き数値がよくなってきていたのだが、体調がすぐれないため抗がん剤が使えなくなった。腹水を抜く施術を受け、ようやく少し食べられるようになり、これなら抗がん剤を使えるかもしれない、という希望ができた。しかし、腹水がまた溜まりだした。二度目の腹水を抜く施術のとき、おなかのなかがゼリー状になっているため腹水を抜くことができない、と言われ、私たちは絶望した。もう、後は死を待つばかりなのだろうか……。それでも蕎麦シップとか温熱療法とか、できることは何でもした。今思えばもう楽にしてあげればよかったのかもしれない。しかし、私は最後の最後まで奇跡を信じていた。富士子にもあきらめてほしくなかった。

最後となった日の朝、富士子が何か食べたい、といった。意識もはっきりし、アイスやメロンを食べ、牛乳を飲んでくれた。これは、奇跡が起きたのか！　と私は興奮した。が、その後、富士子は昏々と眠り続けた。夜中にトイレにいきたい、といわれたので抱き上げた。しかし歩けないので私は車椅子をとりに玄関へ行った。戻ると、富士子が引き攣ったようにベッドの傍らに倒れていた。それから救急車を呼び病院へ搬送された。

「延命措置を希望されますか？」と救急隊員が私に聞いた。

「できることは何でもしてください！　お願いします！」

私は叫ぶように答えた。

やがて救急車が病院につき、富士子は高度救急救命センターへ運ばれていった。

一時間ほど待っていただろうか。医師が現れこう言った。

「あらゆることをやりましたが、これ以上はもう体を痛めるだけになってしまうので。まだ少し時間はあります。どうぞ、大切な時間をお過ごしください」

私はカーテンで仕切られたベッドに連れていかれた。

そこには呼吸器をつけた富士子が横たわっている。

心拍数を測る機械が、弱々しい波形と数値を点している。

富士子の目は開いている。

私は、ただただ感謝の気持ちを富士子の耳元でささやき続ける。

「ありがとう、ありがとう。今まで本当に楽しかったよ」

すると、波形がすこし上向き、数値も上がっていく。

これは！

私は、とにかくささやき続ける。波形が下がる。ささやく。波形が上がる。……。

心なしか、富士子の目が潤んだようにみえる。

どのくらい時間がたったのだろう。とにかく、私はとぎれることなく話し続けた。

しかし、波形はもう上がらなくなっていた。

「もうそろそろ……」

振り向くと、いつの間にか、さきほどの医師が看護師と並んで立っていた。

医師は私の反対側にまわり富士子の瞳にライトをあてた。そして時計を確かめ、

「午前一時五十二分、ご臨終です」と私に告げた。

6

「ありがとう……」

涙があふれ出るのを私はどうすることもできなかった。

霊媒は私の様子をしばらく見つめてから「それからあなたは神社へよく行かれますか?」と言った。

「神社?」

「ええ。奥様とよくいらした神社のようですね」

7

子宮体癌の手術を受ける前、富士子は相当落ち込んでいた。私は少しでも気晴らしになればと思って「根津神社でお祓いでも受けてみる？」と富士子に提案した。

「え、行きたい！　すぐに行きたい！」と富士子が答えた。私は根津神社のＨＰを検索した。

「今から行けばまだ申し込めるみたいだよ」

「何を着ていけばいいのかしら」

「少しきちんとした洋服がいいかな」

それから私たちは着替えを済ませ、根津神社へ急いだ。社務所で受付をし、しばらく待ったあと社殿に招じ入れられた。受付の紙を宮司に渡すと、宮司は「病気平癒？」とちょっと意外だという顔をした。ちょうど七五三の時期と重なっていたからだろう。一緒に社殿に上ったのは三組だったが、私たち以外はみな七五三のご祈祷だったのだ。宮司は、「ちょっと待っていてください」というと、社殿の横の部屋へ入っていった。病気平癒用の祈祷文をとりにいったのだろう。それから私たちは、毎朝、根津神社まで散歩がてらの参詣をするようになった。参詣が終わると私はそのまま根津駅から千代田線に乗って通勤し、富士子は歩いて帰宅した。

「……根津神社ですね。確かに二人で毎朝散歩していました」

「そこにはたくさんの鳥居がありますか？」

「はい。千本鳥居と言われているものがあります。ＴＶのロケなどでもよく使われています」

「そこに奥様とあなたの名前が見えます。それから何か象徴的なものが……、これは何かな？」

霊媒の言葉に、私はまたまた驚かざるを得なかった。

根津神社は今から千九百年余の昔、日本武尊が千駄木の地に創祀したと伝えられる古社で、文明年間には太田道灌が社殿を奉建している。宝永二年五代将軍綱吉は兄綱重の子綱豊（六代家宣）を養嗣子に定めると、氏神根津神社にその屋敷地を献納。世に天下普請と言われる大造営を行った。明治維新には、明治天皇御東幸にあたり勅使を遣わされ、国家安泰の御祈願を修められる等、古来御神威高い名社である。春には三千株の躑躅が咲き乱れ、秋にも美しい紅葉を見ることができることでも有名な神社だ。また、国の重要文化財に指定されている根津神社の権現造りの本殿・幣殿・拝殿・唐門・西門・透塀・楼門の全ては、関東大震災や戦争、火災の難からも逃れて現存していることから、奇跡の神社ともいわれている。富士子がご祈祷を受けたい、といったのはこのためだ。

そして併設されている駒込稲荷から乙女稲荷の境内を通り根津神社にかけてのちょっとした坂道に千本鳥居といわれる奉納鳥居が整然と並んでいる。富士子は「この病気をやっつけて五年たったら鳥居を奉納したい」と常々言っていた。結局、その夢は叶わなかったけれど、富士子が逝去した年の暮れに、私は、富士子の名前と私の名前で鳥居を奉納したのだ。だから、その鳥居は今でも千本鳥居のなかにある。

「……ええ。富士子と私の名前を記した鳥居を奉納しました」

「奥様がそのことを大変喜んでおられますよ。あなたといつも一緒にいられるって」

「鳥居が依り代か何かなんですか?」

「いえ、そんなものではありません。ただ、そこに行けば奥様もあなたもお互いをしっかり思い出せるということだと思います」

「今でも私は毎朝散歩に行って、鳥居を撫ぜているんです」

「そうした瞬間を喜ばれているのではないでしょうか。その時、あなたはどんな気分になりますか?」

「なんとなくほんわりするような感じでしょうか」

「ほかに神社でされていることはありますか？」

「イチョウの大木が何本かあるのですが、それに手をあてて富士子を守ってほしいと願います。また、途中から二つに分かれている大木には、いつかこんなふうになるから待っていてね、と富士子に呼び掛けています」

「それです。奥様も以前、同じようなことをされていませんでしたか？」

「はい、これは富士子がやっていたことを真似ているんです」

「奥様もあなたとずっと一緒にいられますように、と願っていたようですね。同じことをしてくれて、うれしいと奥様はおっしゃっていますよ」

このとき、私はこの霊媒の力を認めざるを得なかった。そして、今まさに富士子と話ができていることがうれしかった。やはり魂は存在するのだ。富士子はそばにいる！

8

「あの、私のほうから富士子に話したいことがあるのですが」

「どうぞ聞いてみてください」と言って霊媒は再びゆっくりと目を閉じた。

「手紙、見つけたんだ。ノートにいっぱい書いてあって……」

富士子が残しておいてくれた文面を思い出すと、私は言葉を続けられなくなってしまった。

「大丈夫ですか？」

霊媒が心配そうに言った。私はしばらく目頭をおさえながら気持ちがおちつくのを待った。

9

『〈二〇一九年七月二日〉

ひーちゃん、この手紙は十年後元気になってる頃に渡そうと思って書いています。笑い話として読んでもらえるように。

だだ、きちんと改めてお礼と感謝と愛を届けたくて、字乱れるね。

私はひーちゃんに出会えて本当に本当に幸せでした。生きる楽しさを知りました。こんなに誰かを愛せるという喜びも。

本当にありがとう。闘病中もずっと支えてくれて幸せだった。ひーちゃんはすぐ「きつくいいすぎてごめん」というけど、ちっともそんなことないよ。言ってくれて嬉しかった。してほしいことすべてしてくれたうえ、沢山甘えさせてくれたよ。もし、「ああしてあげていれば」とか思ったら「めっ！」だよ！　してほしいことは全部叶えてくれました！　とろけるように幸せでした。

ひーちゃんにばっかりさせて、私の出番がないのはとても辛いので、頑張るね。

ひーちゃんと一緒に生きるのだ!!
赤子にはウンマが必要だしね。

もしまちがえて死んじゃったら、ずっとひーちゃんのこと見守ってる。こんなにやさしいひーちゃんだから、絶対幸せがまたやってくるよ。大丈夫！　大丈夫！

ひーちゃんと一緒にいられて本当に幸せでした。これからも一緒に生きていけるよう頑張るね。ありがとう！

『ひーちゃんへ
何からあやまればいいか、わからないぐらいにごめんなさい。

哀しい思いをさせてごめんなさい。私のせいで一人ぼっちにさせてごめんなさい。

でも、私はすごく幸せにしてもらったので本当にありがとう。

どんなときも支えてくれてありがとう。

ちゃんと戦うつもりですが、もし、力つきたら、ひーちゃんの残りの人生がきっとすごくすごくいいものになるよう祈っています。

しばらくはつらいだろうけど、きっといいことが起きて、いい人が見つかって、今度こそ守ってもらえる人生がきっとあります。

ひーちゃんがうんと幸せになりますように、ずっと祈ってます。

ひーちゃん大好き。すごくすごく大好き、本当にありがとう』

ふじこより』

10

ようやく気持ちが落ち着き、言葉を発することができた。

「……手紙、ありがとう。あんなにきつい時期に一生懸命書いてくれたんだね。僕は今でも時々、あのときもっとできたんじゃないかって後悔することがあって、でも、あの手紙を読み返すことで救われているんだ」

私の返答を聞き、霊媒はしばらく遠くを見つめるような視線のまま黙っていた。やがて、おもむろに口を開くと、

「あなたの気持ちはじゅうぶんに奥様に届いていますよ。手紙に書いた通り、『してほしいことはすべてしてくれました。いっぱいあなたに甘えさせてもらいました。だから、後悔などしないでください』と奥様はおっしゃっています」と言った。

私は霊媒の言葉に茫然とした。霊媒の言葉はほぼ富士子の残した手紙の内容と一致していたからだ。

「……うん。安心したよ。ありがとう」

私はそういうのがやっとであった。

霊媒は少しの間目をつぶっていった。そしてしばらくして目をあけると、

「おや？　ちょっと待ってください」と言って霊媒は少し考えるように首を傾げた。そして、こう言ったのだ。

「奥様には、もう一つ、見つけてほしいものがおありのようですね」

「えっ！　それは何ですか？」

しかし、私にはこの答えの想像がつく。なぜなら、私はそれをすでに見つけているからだ。

「奥様がつくられたもののようですね。布のような……。うん？　動物の絵かな……」

「わかりました。洋服の裏地につけるワッペンでしょう。私の誕生日やクリスマスにプレゼントするためにストックがたくさんあるのを箪笥のなかで見つけました」

「はい、そのようです。見つけてくれてありがとう、と奥様は感謝されています」と霊媒は言った。しかし、私の想像は実はこれではなかった。私はウォークマンに録音された富士子のメッセージも見つけていたのだ。手紙の流れから、てっきりこちらだと思ったのだが……。しかし、ワッペンの存在を言い当てたのも驚くべきことには違いはない。

そのあと私たちは、さらにいくつかの会話をした。交霊が始まってから、かれこれ一時間近くになった。

「最後にもう一つ、聞いてもよろしいでしょうか？」

「はい」

「富士子は今、どこにいるのでしょうか？　どのように過ごしているのでしょうか？」

霊媒はしばらく考えるように目を閉じた。そして再度、目を開けると、

「これは言葉ではちょっと説明するのが難しいですね。非物理的世界のことは私でも覗くことができないのです。また、奥様にうかがっても、おっしゃってる内容を私たちの世界の言語にうまく変換することが私にはできません。このご質問は皆様なされるのですが……」と言った。

第四節　分　析

1

以上が、私の交霊の体験録である。交霊を受けていたとき、確かに私は霊媒の圧倒的な力を目の当たりにして、魂の存在を信じていた。今、冷静になってもう一度、霊媒とのやりとりを検証してみたい。

まず、この霊媒の力がインチキであると仮定すると、考えられる手法は、コールド・リーディング及びショットガンニングであった場合、私に対する事前情報が全くなくても、私の外観に対する注意深い観察と、特有の話術によって、私の情報を摑むことができる。一方、ショットガンニングは、私に大量の情報を話すが、そのうちのいくつかは当たるため、私の反応を見計らいながらその反応に合わせて最初の主張を修正し、全てが当たったように見せかける話法である。もちろん、二つの手法を組み合わせることも可能だ。

それでは、コールド・リーディング及びショットガンニングの流れにそって三つのメッセージを分析してみよう。

2

〈メッセージ1：富士子からの感謝の表明〉

①対象者の協力を引き出す

相手から、より多くの言葉や情報を引き出すため協力を依頼する。霊媒は、交霊を開始する前に「交霊に入りましたら、あなたは奥様に会いたいと真剣に願い続けてください。奥様もあなたにお会いしたいと願っておられましたら、その思いが共鳴し、私を通して繋がることができます。シンクロニシティのように。もしも、奥様がそう望んでおいでなければ、残念ながらお二人を繋げることはできません」と言っている。

②対象者に質問する

相手をよく観察しながら、誰にでも当てはまりそうなごく一般的な内容から入る。霊媒は、「奥様の最期は病院でしたか?」と質問した。厚生労働省の統計によると、医療機関等で死亡する人は75%で自宅が25%。二択の確率の高い方を明示していることがわかる。

③対象者の反応をさぐる

相手はこれら具体性のない推測に対して、びっくりしたり思い当たることを話したりするなどの反応をすることで、なんらかの情報を明かしてしまうことになる。これを基礎にさらに質問を続けることができる。推測が次々当たれば、相手の信頼をどんどん深めることができる。また、より具体的にみえる内容（実は具体性はあまりない）に踏み込んで推測を行う。霊媒は、「あなたがずっと話しかけていたことは、全部聞こえていたそうです」と言っている。臨終の際、周りの人が何かを話しかけることはごくごく一般的だろう。一方、「それから、あなたが、やるだけやったらそっちに行くから待っていてくれ、と言ってくれたことが本当にうれしかった」との言葉は私しか知りえないものだ。ただし、これも言いそうなフレーズではあるが。

以上のようにメッセージ1については、コールド・リーディングの手法でも言い当てることができそうだ。

3

〈メッセージ2：根津神社の秘密〉

①対象者の協力を引き出す

メッセージ1と共通。

②対象者に質問する

霊媒は、

「それからあなたは神社へよく行かれますか？」

「ええ。奥様とよくいらした神社のようですね」と質問している。これはメッセージ1とは異なり、誰にでも当てはまりそうなごく一般的な内容とは言えない。むしろかなりピンポイントで私しか知りえない情報についての質問であると言える。もちろん、事前に私のことを調査すれば、あるいは可能な質問かもしれない。しかし、この霊媒は、交霊による報酬も名声も欲していない。そうすると私のことを事前に調査するというインセンティブは働かないことは明らかだ。

③対象者の反応をさぐる

霊媒の言葉に対して、私が思い当たることとして話したのは「……根津神社ですね。確かに二人で毎朝散歩していました」という事実だ。それに対して霊媒は、「そこにはたくさんの鳥居がありますか?」と再度質問をした。もしも霊媒に根津神社についての知識があらかじめあったならば、この質問をすることは可能だろう。しかし、「そこに奥様とあなたの名前が見えます。それから何か象徴的なものが……、これは何かな?」というのは、私しか知りえない事実である。一方、「ほかに神社でされていることはありますか?」との質問に対しては、私はかなり具体的な情報を提供してしまっている。「イチョウの大木が何本かあるのですが、それに手をあてて富士子を守ってほしいと願います。また、途中から二つに分かれている大木には、いつかこんふうになるから待っていてね、と富士子に呼び掛けています」というくだりだ。これに対して霊媒は、「それです。奥様も以前、同じようなことをされていませんでしたか?」と質問し、私は「はい、これは富士子がやっていたことを真似ているんです」と情報提供をしている。このやり取りはその前の質問と私の具体的な回答から推測することは可能であろう。

4

〈メッセージ3：富士子の手紙〉

①対象者の協力を引き出す

　メッセージ1と共通。

②対象者に質問する

　霊媒は「奥様には、もう一つ、見つけてほしいものがおありのようですね」と質問している。これは「手紙、見つけたんだ。ノートにいっぱい書いてあって……」という私の質問から派生させればできない質問ではないだろう。しかし、ワッペンの存在を言い当てていることは認めざるを得ない。一方、私がこちらだと想像した「ウォークマンに録音された富士子のメッセージ」については言及がなかった。もしも、事前調査をしたとしても絶対に私しか知りえないのは「ウォークマンに録音された富士子のメッセージ」だけであろう（富士子が洋裁好きであったことを知っていれば、布、動物の絵は想像できないこともない）。けれども、繰り返しになるが、この霊媒は、交霊による報酬も名声も欲していない。そうすると私のことを事前に調査するというインセンティブは働かないことは明らかなのだ。

③対象者の反応をさぐる

霊媒は、富士子が残しておいてくれた文面を思い出して言葉を続けられなくなってしまった私の様子をじっくりと観察していた。そして、「……手紙、ありがとう。あんなにきつい時期に一生懸命書いてくれたんだね。僕は今でも時々、あのときもっとできたんじゃないか思うことがあって、でも、あの手紙を読み返すことで救われているんだ」という私の言葉から、私が感じていた気持ちを推測することも十分にできる。しかし、手紙に書いてあった『してほしいことはすべてしてくれました。いっぱいあなたに甘えさせてもらいました。だから、後悔などしないでください』というフレーズは私しか知りえない事実である。

5

以上の分析から、私の結論は、①メッセージ2及び3の私しか知りえない事実があること、②この霊媒が交霊による報酬も名声も欲していない、ことから、この霊媒の能力は本物であるとしたい。

しかし、能力が本物であることから霊魂が存在する、という答えを導くことはまだできない。それはこの霊媒の能力が、霊を呼び霊と交信するのではなく、私の頭のなかを読む能力、つまりテレパスである可能性もあるからだ。その裏付けとして、「富士子は今、どこにいるのでしょうか？ どのように過ごしているのでしょうか？」という私の最後の質問に対して、霊媒は「これは言葉ではちょっと説明するのが難しいですね。非物理的世界のことは私でも覗くことができないのです。また、奥様にうかがっても、おっしゃってる内容を私たちの世界の言語にうまく変換することが私にはできません。このご質問は皆様なされるのですが……」と答えていることをあげることができる。これは、霊魂との会話ではない可能性を抱かせるものともいえるのではないだろうか。

6

フレデリック・ウィリアム・ヘンリー・マイヤースは、死者の霊との交流を目指していたが、次第に心霊現象そのものについての思索を深めていく。マイヤースは人間の識閾上の部分でのコミュニケーション（知的・意識的交渉）が存在するのと同じように、識閾下の部分（無意識）でのコミュニケーションが存在するに違いないと考え、テレパシーがそこに関わってくるのではないかと推測した。マイヤースは、一八八八年まで心霊現象研究協会のリーダーとしてテレパシーや催眠術などの科学的調査を行っていた。マイヤースは「超常」や「テレパシー」等の用語を創案し、霊による現象と、霊媒や同席者の潜在意識やテレパシーによる現象を厳密に区別しなければならないと主張。こうした彼の考え方がその後の心霊現象研究協会の懐疑主義、特に心霊現象のほとんどは潜在意識とテレパシーが原因であると断定する姿勢につながり、アーサー・コナン・ドイル等「心霊主義派」会員の大量脱退を引き起こした。

また、近年では、アメリカ・カリフォルニアのノエティックサイエンス研究所のディーン・ラディンが、二〇〇四年にテレパシーに関する実験結果に基づく論文を発表し、「この研究で観察された脳活動の相関は、量子もつれを思い出させる。量子のもつれとは、互いに隔離された物理的な系が相関性のある行動を見せるという性質であり、これは、ふたつの系は見かけほどには隔離されていないということを示唆する。脳のような巨視的な物体であっても、ごく短時間ではあるが量子のもつれを示すことがあるのであれば、そのもつれあった脳が、この実験で観察されたような相関活動を示したとしても、不思議ではない」としている。

つまり、テレパシーは心霊に比べると科学側からの拒否反応はまだ少ないといえよう。

7

この霊媒の交霊の手法は、イタコやシャーマンのように霊が乗り移って直接対話をするものではなかった。私への質問から情報を切り出して富士子の言葉として私に伝えているとも考えられるのである。つまり、私の考えを読むことができれば成り立つ手法なのである（それでも十分すごいのだが、私の目的からは外れてしまう）。

では、なぜ霊媒はテレパシーを使って「交霊」をするのか？　はっきりはわからないが、霊媒はその能力を人助け（一種のカウンセリング）として用いているのかもしれない。もっとも、テレパスである、などということは絶対に口外できないだろう。そんな能力があったら権力者から利用もしくは抹殺されてしまうだろうし、友人をつくることもできなくなる。科学的にはテレパシーのほうが受け入れやすいが、社会的には霊魂のほうが納得されやすいのである。

8

さて、残念ながら、交霊体験によって魂の存在をはっきりと見出すことはできなかった。しかし、霊媒による交霊を体験したことで、私のなかでは、魂が存在する可能性が大きくなったことも事実だ。直接話したり、姿を見たりしたりすることができれば、はっきりとした証明になるのだが。そのためには「幽霊」を見つける必要がある。

私は、幽霊探しの旅に出ることにした。

第二章　幽　霊

『死を見つめよ、喪失の現実を認めよ、それによって失われた対象の価値を正しく認めると同時に、新しい関係に入れ、さもなければ幻想のなかで苦しみ続けるだろう』

ジークムント・フロイト

第一節　幽霊とは何か

1

その心理学者との約束は午前十時だった。彼からは、事前の注意事項として、朝食はとるのであれば軽いものにすること、カフェインの入った飲みものはとらないこと、富士子の遺品とアルバムを持ってくること、身軽な服装で来ること、を告げられていた。約束の場所は静かな森に囲まれた彼の大学のセミナーハウスである。

交霊のときと同じく、その日の朝、私のこころは弾んでいた。彼から受けた説明では、およそ50％以上の被験者が故人との再会を果たしているという。交霊では、霊媒の力を借りて富士子と会話をした。しかし、それが本当に富士子の霊魂であったのかどうか、それは霊媒にしかわからないことだ（霊魂なのかテレパシーによるリーディングなのか、今もって私には判断することができないでいる）。でも、今回は自分の力で富士子に会える可能性があるのである。セミナーハウスまでは電車で一時間半、それからバスに乗り継いで三十分ほどかかる。セミナーハウス行きのバスに乗り込んでから、私は富士子に聞くべきことを頭の中で整理した。

まず、交霊のときに聞くことができなかったことを聞かなければなるまい。富士子は今どこにいて、どんな生活（？）をしているのか？

それから、最期の病気の苦しみから今は解放されているのかどうか？

私の世界と富士子の世界はどのように繋がっているのか？

富士子の世界にはほかに誰がいるのか？

私が死んだらまた一緒に暮らすことができるのか？

そして、なんといっても、あの交霊は本当だったのかどうか？

聞きたいことは山ほどある……。


セミナーハウスに到着すると、私は心理学者が待つ部屋に通された。

「ようこそおいでくださいました。今日は一日がかりになりますが、どうぞよろしくお願いします」と心理学者は微笑みながら言った。


彼のことを紹介してくれたのは、お世話になっている心療内科の医師だ。私は富士子を亡くした直後、不安定になり、心療内科を受診した。治療は、毎週一回いろいろとお話をする程度のものだった。医師は辛抱強く私の話を聞き、すべてを肯定してくれた。このころ、仕事と両親のことを抱え、私のこころはにっちもさっちもいかなくなっていたのだ。

「あなた以外のことは何も考えなくてよいのですよ。今あなたは奥様を亡くされてガス欠の状態です。そんな状況でアクセルをいくら踏んでも前には進めませんからね。お酒ですか？ ええ、飲んで構いません。いっぱい飲んでも大丈夫なように胃薬も出しておきましょう」

そう言って、医師は安定剤と胃薬を処方してくれた。三年半ほどこの医師の治療を受け続け、私のこころも安定を取り戻し始めた。そのころにこの心理学者を紹介してもらったのだ。

「そうそう、私の後輩におもしろい心理学者がいるんです。なんでも故人に会えるとかいう実験をしているそうで。まあ、目的はその実験の内容をグリーフケアの一環として使えないか、ということのようですが。あなたもだいぶ落ち着かれたようですから、ご興味があれば、一度、試されてみてはいかがですか？」

そうして私は心理学者の実験に参加することにしたのだ。

「こちらこそよろしくお願いいたします」と私は軽く会釈しながら言った。

「それではお天気もよいのでこれから二人で森を散策しながら、本日のことについてお話をしたいと思いますがよろしいでしょうか？」

それから私たちは連れ立ってセミナーハウスを出て、森の中に入っていった。周囲には誰もいない。森の中は散策コースのような小さな道が整備されている。私たちはしばらく無言でこの道を北に向かって歩いていった。

「静かなところでしょ？」

ふたりの前を栗鼠が早足で横切っていく。

「先生はいつもこちらにいらっしゃるのですか？」

「いえ、いつもは都心の大学の研究室におります。臨床試験の予約があるときだけ、こちらに参ります。臨床試験用の部屋はこちらにありますので。環境的にもこうしたのどかな場所のほうが向いているんですよ」

時折、静寂のなかを鳥の囀りがきれいに聞こえてくる。空気はひんやりとしているが、木漏れ日は暖かい。確かに、都会の庭園では味わえないのどかさだ。私は次第に呼吸が深くなっていくのを感じた。

「あなたはどのような動機で故人にお会いになりたいのですか？」と心理学者が私に聞いた。動機？　はて、なんだろう。私にはただただ富士子に会いたいという思いしかない。

「愛する故人に会うために特別な動機ってあるんでしょうか？」

「なるほど。謝りたいことがあるとか、今不自由なく過ごせているのか、とかそんなことをお知りになりたいと被験者のかたはよく言われるものですから」

「ああ、そういうことでしたか。私が聞いてみたいのは、妻が今どこにいて、どんな生活をしているのか？ それから、最期の病気の苦しみから今は解放されているのかどうか？ 私の世界とそちらの世界はどのように繋がっているのか？ そこにはほかにどんな人がいるのか？ 私が死んだらまた一緒に暮らすことができるのか？ そんなところでしょうか」

私は交霊のことは言わないでおいた。

「そうですか、過去のことというより未来のことにご興味があるのですね」

「未来のこと？」

「ええ、あなたのご質問はどれもあなたが死んだあとのことに関連するように思えたものですから」

私は心理学者の言う意味を考えながら歩き続けた。

「なるほど。私は今でもできることなら妻と一緒に暮らしたいと本気で願っています。しかし、さすがにそれには無理があることも承知しています。でも、もしも、いわゆる霊魂というものが存在し、そして死後の世界があれば、いずれは可能性があると思えるでしょう。そうしたら、これから先の人生にも希望がもてますからね」と私は今考えてみた回答を心理学者に話した。

心理学者は、何度かゆっくりと頷きながら、

「それは素晴らしいお考えですね。故人に会うということは決して怖いことではありません。むしろ、グリーフケアの視点からは、とてもよい薬になります。そして、あなたがおっしゃるように生きる希望が蘇ってきます。この臨床試験が役に立つことを願っています」と言った。

富士子の逝去から三年半が過ぎ、私はようやくその日その日を普通に過ごすことができるようになりつつあった。もちろん、悲しみや思慕がなくなったわけではない。なんとか折り合いをつけながら生きることを覚えただけだ。しかし、将来に何か計画や希望があるわけではない。富士子は私の還暦に赤いちゃんちゃんこをつくると言っていた。そして、新婚旅行で行った阿寒湖にもう一度いくのだ、とも言っていた。今はそのような計画もなければ目標もない。

しばらく無言で小道を行くと、大きな池の前にでた。池の向こう側には、キャンプをするための施設が整っている。夏休みなど、学生たちがここで楽しいひとときを過ごすのであろう。シーズンオフの今は、ガランとして寂しげな光景に見える。施設のなかに能楽の舞台のようなものが見えた。

能楽、なかでも世阿弥が創作した『夢幻能』では、曲中に僧侶や村人などの生きている人間以外に、霊的な存在が登場する作品が多い。夢幻能は、前場と後場との二部構成になっている曲が多く、前場では旅人がどこかに訪れた際にその土地の人間と出会い、その土地の過去にあった話を聞いて、「実は私はその幽霊だ」と言って消えていく。後場ではその幽霊が再び登場し、当時について語り舞い消えていく、というのが基本的な構成だ。そして、その幽霊の姿を映すのが、水鏡である。「幽霊」という言葉が我が国に初めて登場したのは、まさに世阿弥が能に導入したときであるという（他説あり）。また、世阿弥は能楽において、幽霊を目に見える形で表象する、という独創も成し遂げている。

「さて、そろそろ引き返しましょうか」

心理学者はそう言うと、池の前で振り返った。そして、

「そうそう、あなたにいくつかの事例をお話ししておきましょう。これらも希望をお持ちになる材料になると思います」

そう言って心理学者は、彼が経験した試験結果をいくつか私に話してくれた。

「これはある男性の被験者の例です。彼は、病気で亡くなったお母さまに会いたいと願っていました。亡くなる前、そのお母さまは病魔に侵され、かなり苦しんでいらっ

しゃったそうです。彼がこの臨床試験を受けようと思った動機は、お母さまが今どこにいるとしても幸せであることを確認したいからでした。試験後、彼と話したところ、彼はこうおっしゃいました。『鏡の中には間違いなく生身の母がいました。母が亡くなったのは七十歳のときでしたが、鏡の中の母はそれよりも若く、そして元気そうに映っていました。そして、私は元気よ、と言ってくれたのです』。臨床的に言えば、彼はこの邂逅によって、お母さまの死を心穏やかに受けとることできるようになったのです」

「ありがとうございます。私が聞きたいことにもあてはまりますね。あの、配偶者を亡くされた方の事例があれば教えていただきたいのですが」

「はい。四十代前半でご主人を突然の心筋梗塞で亡くされたご婦人の事例があります。彼女は何の心の準備もないままご主人を亡くし、二人のお子様を育てていかなければならなくなりました。彼女は、ご主人があの世で幸せかどうか、そして彼女の子育ての方針が正しいかどうかご主人に相談したい、とのことでした。彼女は突然のことで急に仕事につかねばならず、子育てとの両立のために、気苦労と多忙な毎日を送り、だいぶ精神的に追い詰められていたのです。試験後、彼女はこう証言してくれました。『夫の姿は見ませんでしたが、確かにそこに夫がいるというなんともいえない感じがしました。そして夫の声が聞こえたんです！　お前は正しい、子育ても何ら問題ない。

しばらくは大変だろうが自信をもって頑張ってくれ、と』。彼女はこの体験により、それまで失いかけていた自信を取り戻すことができたのです」

　それから心理学者はさらにいくつかの事例を話してくれた。


　セミナーハウスに戻ると昼食が用意されていた。心理学者は私が持参した富士子の遺品とアルバムを見ながら、富士子についていろいろと私に質問をした。それはまさにグリーフケアのカウンセリングのようであった。私は富士子の帽子を遺品として持ってきた。この帽子は乳癌のときの抗がん剤治療で毛髪が抜けてしまった頭皮を隠すためのものであった。抗がん剤治療は、吐き気や頭痛を伴い富士子を苦しめた。しかし、この帽子をかぶるころには、脱毛以外の後遺症はようやく治まり、ある程度日常生活をおくれるようになっていた。そこで私たちは体力回復のために毎週末散歩をするようになった。その際、頭を隠すために購入したのがこの帽子だったのだ。

　ちょうど夏の暑い盛りであった。帽子は毛糸でできているのでかなり蒸し暑くなる。私は周りに人がいなくなると「今だ、外していいぞ！」と富士子に声をかける。すると彼女はおもむろに帽子を脱ぎ「ハァー」とうれしそうに息をつく。「あ、人だ！」と私がいうと富士子はあわてて帽子をかぶる。そしてふたりとも大声で笑う。富士子に健康が戻ってきて、ようやくこれから先に希望が持てだしたころの思い出なのだ。

やがて昼食がすむと、私は別室に連れていかれた。そこにはベッドが置かれており、横になるよう指示された。枕の下のほうからゆっくりとした音楽が流れてくる。

「臨床試験は夕方からはじめますので、それまでここでリラックスしてお待ちください」

心理学者はそう言って部屋を出ていった。

私は散歩と昼食とここちよい音楽とでいつしか眠りに落ちていた……。

2

女が一人、手に数珠と水桶を持って橋を渡ってくる。一心に念仏を唱えながら。

やがて女は墓に花水を手向ける。それを見た旅の僧が何か話しかけている。

「私はこのあたりに住むものです。この寺を創設した在原業平は後世に名をのこしたお方でした。ですから、そのお墓の跡がこの塚だろうと思い、私も詳しくは知らないのですが、花や水を手向けてお弔いをしているのです」と女が答える……。

「筒井筒、井筒にかけしまろが丈、生けにけらしな妹見ざる間に」

「比べ来し、振り分け髪も肩過ぎぬ、君ならずしてたれが上ぐべき」

女は井筒の陰に身を隠す。

夜半に僧は寺で横になり、夢を待ってまどろむと、その夢に業平の形見の冠と直衣をまとった娘が現れ、舞を舞う。舞進む娘は業平になりきり、昔を懐かしみつつ、井戸を水鏡にのぞきこむと、そこには業平の面影が映っていた。

更けていく寺に夜の月がでる。

「いとせめて　恋しきときは　むばたまの　夜の衣を　返してぞ着る」

僧は、昔の夢がみたいなら着物を裏返しにするという古歌に従い、衣を裏返し、夢を心待ちにして苔のむしろに仮の枕を置く。

「月やあらぬ春や昔」

「筒井筒」

「筒井筒、井筒のほとりで背比べした」

「私の背丈」

「さぞ高くなったことだろう」

「すっかり老いてしまった」

愛し愛された昔そのままに、昔男の冠直衣を、つけた姿は、女とも見えず、まさに男の業平その人の面影。

「水鏡に映る面影をみると、なんと懐かしい」

亡き女の幽霊は、あたかも萎む花が、色褪せても匂いの残っている様子で佇んでいる。そこに夜明けを告げる寺の鐘が、ほのぼのと響けば、松風が揺らす芭蕉の葉のうちに夢は破れて、僧は目を覚ました。僧の夢は覚め、夜は明けていった……。

私は、世阿弥の「井筒」の夢を見ていた。

どのくらい眠っていたのだろう？　窓の外にはきれいな夕焼けが見える。しばらくベッドのうえでぼんやりしていると、ドアをノックして案内人が入ってきた。

「リラックスできましたか？　これから試験室へご案内いたします」

私は案内人に導かれてセミナーハウスの二階へとあがっていった。

3

その部屋のドアをノックすると、「どうぞお入りください」とその心理学者は私に言った。

私は扉をあけ、その部屋に足を踏み入れる。部屋の一方の壁には、およそ高さ1・2メートル、幅1メートルぐらいの鏡が床から90センチぐらい上にくるように取り付けられている。鏡の90センチぐらい手前には、座り心地のよさそうな安楽椅子がほんの少し後方に傾けて置かれている。椅子の周囲には天井から黒いベルベットのカーテンがつるされ、カーテンレールは鏡と椅子をぐるりと囲む形にめぐらされている。あたかもカーテンで仕切られた小部屋のようだ。椅子のすぐ後ろには、電球がついた小さなステンドグラスのスタンドが置かれている。

「それでは灯りを消しますね」

そう言って心理学者は蛍光灯のスイッチを切る。すると、窓についた厚いカーテンとブラインドで外光が遮断され、スタンドのほのかな光だけが室内唯一の照明となった。

心理学者は、薄明かりのなかで立ち尽くす私に「どうぞ安楽椅子に腰かけてください」と声をかけた。

私は言われた通り安楽椅子に腰かける。

「どうです？　鏡にあなたの姿が映っていますか？」

「いえ、背後の闇しか見えません」

鏡の中に澄みきった深い暗闇が浮かび上がる。

4

交霊の折、あの霊媒は「あなたには、霊の姿が見えるのでしょうか？」という私の問いかけに「いえ、姿は見えません。感じるだけです」と答え、「何らかのエネルギーのようなものとして存在しているのではないですかね」と付け加えた。もし、霊媒の力がテレパシーであるとすれば、俗にいう幽霊は存在しないことになるのだろうか？　しかし、古今東西、幽霊譚は至るところに転がっている。交霊が霊媒を媒介とした「魂」との対話であるとしたら、幽霊は「魂」からの直接のメッセージであるとも考えられる。

実は、私は一度だけ幽霊らしきものを見たことがある。確か叔父の葬式のときだったろうか。火葬場で亡くなった叔父が荼毘に付されるのを待っているとき、となりの火葬炉の部屋の入口に三歳ぐらいの男の子がいるのを見た。男の子は火葬炉のうえの遺影をじっと見つめていた。何気なく私もその遺影を見たその瞬間、私は思わず男の子のほうに振り返った。遺影はまさにその男の子に瓜二つだったのである。

もちろん、双子だという仮説は十分成り立つ。しかし、男の子は喪服ではなく普段着を着ていたのだ。また、仮に双子だとして、幼い子を亡くした両親が生き残ったもう一人の子を火葬場で一人っきりにさせることなどあるだろうか？

私は茫然としながらもう一度、遺影に目を向けた。やはり、そっくりだ。私は男の子に声をかけようとして再度振り向くと、男の子はもうそこにはいなかった……。

5

「それでは準備が整いましたので、鏡を見つめてください。そこに故人が現れます」

心理学者は私の背後に回りながらそう言った。

亡き妻の幽霊に会うための方法として、今、私が試そうとしているのは鏡視（スクライング）である。鏡視の歴史は、古代ギリシャまで遡る。古代ギリシャでは、「プシュコマンティム」と呼ばれた託宣所である洞窟において、水瓶を覗き死者との交信を行っていたとされている。

　また、エリザベス朝随一の碩学と謳われた自然哲学者ジョン・ディーは、後年水晶玉を用いてヴィジョンを受け取る魔術的技法によって、天使や精霊たちとの対話に没頭した。たとえば、ディーは一五八一年五月二十五日の日記の中で「私は自分に対して現れた光景を水晶の中に見た。私は見た」と書き綴っており、一五八二年のセッションでは「大きな雷鳴」、「唸り音」を聞き、「耳鳴り」を感じるやいなや、「私の周りにいくつかの精霊たちが現前しているのが見える」と自身が見たヴィジョンを記している。

　しかし、科学の側からすると、鏡視は水晶玉や鏡を凝視し、そこにヴィジョンを見てとる『技術』であるとされている。鏡視は基本的な催眠誘導技法の一つであり、水晶玉や鏡は催眠トランス状態を誘発するには最適の道具であるという位置づけだ。そして、鏡視によってヴィジョンが見えること自体は超常現象ではなく、訓練さえ積めば到達可能な経験であるのだという。

　一方、フランスの哲学者アンリ・コルバンは、「mundus imaginalis」という概念を提唱した。「mundus imaginalis」とは、いわば「魂の世界」であるという。つまり、非物質的な精妙な世界であるとされる。この世界においては、一方で物理的世界に存在する全てのものの魂・原型が宿っており、また他方では、人生を構成しているすべての要素、すなわち人間のなしたことすべて、思考、願望、予感、振る舞い、経験などといったものの形相が、精妙な存在様態で存続しているという。コルバンは、それらの中でも特に重要なのは神秘体験におけるヴィジョンである、とした。コルバンによると、この魂の世界を知覚するためには、認識上の機能であるような能力が必要となる。この能力とは「能動的想像力」ないし「霊的想像力」であり、通常の「想像力」とは異なるものであるとする。つまり、世界には、物理的世界・精妙な世界・可知的世界の三つがあり、それぞれには対応する三つの認識器官があるという。すなわち、物理的世界には感覚が、精妙な世界には霊的想像力が、可知的世界には知性が対応することになる。そしてこの三者にはまた、身体・魂・知性という、人間論における三者が対応している。こうした厳密な対応関係のためには、魂の世界に相応しい非還元的な認識機能や器官、つまり、霊的想像力・魂が必要となる。それゆえ、コルバンはこうした機能や器官を表現することのできる、ヴィジョンの必要性を強調するのである。この考えにたてば、鏡視とはヴィジョンを見てとる『技術』である、と簡単に位置付けてしまうのは早計であろう。

アメリカの医師で心理学者でもあるレイモンド・ムーディは、この鏡視を使った臨床実験を考案した。ムーディは、著書『かいまみた死後の世界』、『死者との再会』など、臨死体験の研究で著名な学者だ。ムーディは、故人に会うための方法を研究し、一九九〇年から「鏡視の研究」〈精神の劇場〉と名付けて自らの手でそれを再現した。それが今、私の受けようとしている鏡視である。鏡視では、愛する故人にもう一度会いたいと願い、部屋で鏡を見つめていると、あたかも現実のように亡くなった人との再会が果たせるという。ムーディが行った鏡視実験では、カウンセラー、精神科医、大学院生などを中心に三百人以上の人々が被験者となり、その結果かなりの確率で故人との再会ができたという。

ムーディ自身も鏡視による故人（祖母）との対面を経験している。

ムーディの体験による幽霊の声は次のようなものであった。

「普通に聞こえたが、ただ一つ違うのは、その声が死ぬ前よりも大きく明瞭で、電気的に増幅したような歯切れの良さが感じられたことだ。私より先にこの体験をした人たちは、テレパシーもしくは心と心の触れ合いのようだったといっている。私のときもそんな感じだった。だいたいは実際にことばを発して会話をしたが、祖母の考えているることが即座にわかったときもあり、彼女のほうもそうらしかった」

また、幽霊の姿形は次のように見えたという。

「透明に見えた瞬間は一度もなかった。彼女はあらゆる点で完全に実体があるように見えた。外見的には普通の人と何らかかわりはなかったが、ただ、光のようなものに包まれているというか、彼女の周りだけ違った空間になっているという感じがした。周囲の物理的環境から遮断されている、あるいは切り離されている」

しかし、

「われわれの前に現れる故人は生前と完全に同じ姿をしているわけではない。不思議なことに—別に不思議でないかもしれないが—生者の前に現れた死者は死んだ時より若く元気に見える。それでもだれであるかはわかる」

そして、ムーディはこの体験によって「いわゆる死が生の終わりではないという揺るがぬ確信」を持つに至る。ムーディにとって鏡視の体験は「変成意識の研究を長年続けてきた立場からいえば、亡き祖母とのあの再開は、私がそれまでの人生で日常的に体験してきた覚醒時の現実と何の矛盾もなくつながっている」というように完全なる現実であった。

6

私は幽霊について三つの分類を考えている。

一つめは、怨霊型。殺人を犯した者や何らかの嫌がらせなどにより他者を死に至らしめた者に対して、死者が怨霊となって現れるパターンである。

二つめは、愛情型。死んだ直後に家族や愛する人の前に姿を現すパターンがこれにあたる。

三つめは、地縛・浮遊型。死んだ場所やその近辺に姿を現すパターンだ。怨霊型と愛情型の幽霊は、特定の人にのみ、その姿を現すが、地縛・浮遊型の幽霊は、近づく人にはほぼ誰にでもその姿をさらす。以下、それぞれの特徴について事例をみていく。

怨霊型の幽霊の代表格としては、四代目鶴屋南北の東海道四谷怪談のモデルとなった『四谷雑談集』に書かれているお岩をあげることができる。この話では、お岩は病気で醜くなった女性として描かれ、伊右衛門は半ばだまされて婿入りする。その後、伊右衛門は伊東喜兵衛の愛人と恋仲となり、やがてお岩は伊右衛門と離縁する。しかし、全ては伊右衛門が再婚するためのはかりごとであった。怨霊となったお岩は、田宮家、伊東家を次々と呪い滅ぼす。霊媒によって呼び出されたお岩は次のように語る。

「伊東の家は既に我が断絶せしめた。伊右衛門よ、お前の子らも次々と取り殺してやったわ。残るはお前とお前の娘のお染だけだ。お染は喜兵衛の子だからお前の血は入っておらぬ。この企みを知るよしもないので恨みは少ないが、永く生かしておくつもりは無い。油断は禁物ゆえな。秋山長右衛門は我に辛くはあたらなんだが、お前と花の仲人になったから、許すことはできぬ」

一方、愛情型の典型例は、心霊現象研究協会が一八八六年に刊行した『生者の幻像』のなかから引用してみたい。

『その夜、女はふと目が覚めた。「胸騒ぎがして、ベッドに起き上がりました」。部屋を見回すと、戸口に息子のジョーゼフがたっていた。頭には分厚く包帯が巻かれ、顔は傷だらけで血に汚れていた。特に目の周りがひどい。汚れた白い寝間着を着ていた。無言のまま「とても真剣な眼差しで」母親を見つめていたが、やがてすうっと消えていった。翌朝、朝食のテーブルで、女は四人の娘に、ジョーゼフのことで悪い知らせがあるかもしれないと話した。娘たちは笑い飛ばした。「ただの夢よ、ばかばかしい」。だが数日後、一八五六年の凍えるような一月中旬、知らせが届いた。息子はミシシッピ川の蒸気船の衝突事故で死亡していた。マストが折れて、頭に倒れてきたのだ。事故現場にかけつけたもう一人の息子が、母親を呼びながら息を引き取るジョーゼフの最後を見届けていた。頭は「二つに割れかけて、顔がひどく変形していた」ため、包帯に覆われていた。死んだときに着ていたのは、血と泥にまみれた白い寝間着だったという。ジョーゼフが息を引き取ったのは、母親が戸口に彼の姿を見た時間と、分の単位まで一致していた』

このような愛情型の幽霊は、夏目漱石の小説『琴のそら音』にも次のように描かれている。この幽霊はもちろん漱石の創作であるが、この作品が書かれた背景には日露戦争があり、家族の戦死の報に日々悲しむ人々がいた。そのなかにはこのような幽霊と出会えた人もいたのではないだろうか。

「細君が死んだと云う報知を受取ったらさぞ驚いたろう」

「いや、それについて不思議な話があるんだがね、日本から手紙の届かない先に細君がちゃんと亭主の所へ行っているんだ」

「行ってるとは？」

「逢いに行ってるんだ」

「どうして？」

「どうしてって、逢いに行ったのさ」

「逢いに行くにも何にも当人死んでるんじゃないか」

「死んで逢いに行ったのさ」

（略）

「ある朝例のごとくそれ（注：妻が買った懐中持の小さい鏡）を取り出して何心なく見たんだそうだ。するとその鏡の奥に写ったのが―いつもの通り髭だらけな垢か染じみた顔だろうと思うと―不思議だねえ―実に妙な事があるじゃないか」

「どうしたい」

「青白い細君の病気に窶れた姿がスーとあらわれたと云うんだがね―いえそれはちょっと信じられんのさ、誰に聞かしても嘘だろうと云うさ。現に僕などもその手紙を見るまでは信じない一人であったのさ。しかし向うで手紙を出したのは無論こちらから死去の通知の行った三週間も前なんだぜ。嘘をつくったって嘘にする材料のない時ださ。それにそんな嘘をつく必要がないだろうじゃないか。死ぬか生きるかと云う戦争中にこんな小説染じみた呑気な法螺を書いて国元へ送るものは一人もない訳ださ」

私が今探しているのは、まさにこの愛情型の幽霊である。

最後に、地縛・浮遊型は、いわゆる心霊スポット、墓地や病院やトンネルなどに現れる幽霊である。二つほど事例をあげてみたい。

最初は、小峰峠の幽霊譚。この話を初めて耳にしたときほど、ゾッとしたことはなかった。

―一九八九年春ころから、小峰峠に幽霊が出るとの噂が立った。幼女が手を振っており、よく見ると手首がない……しかし、宮崎の逮捕後は出なくなったとか。―佐木隆三『宮崎勤裁判（一九九一年）』。つまり、この幽霊は、一九八八年から一九八九年にかけて相次いで発生した東京・埼玉連続幼女誘拐殺人事件（いわゆる宮崎勉事件）の被害者の幽霊である。被害者の二名は、一九八八年に小峰峠付近で殺害され、遺体は一年近くも放置されていた。しかも遺体は首手足を切り離されて捨てられていたのだ。そして、この幽霊譚を最初に紹介したのが地元紙である『秋川新聞（一九八八年十月二日）』で、この記事を編集し発行していたのは宮崎勤の父親だったのである。しかしながら、この因縁は実際には結びついてはいない。被害者二名が誘拐・殺害されたのはそれぞれ一九八八年十二月九日及び一九八九年六月六日であり、記事掲載より後のことだ。また、実際の秋川新聞に掲載された記事は、よくあるタクシーと女（幼女とは書かれていない）の幽霊話であった。手首の無い幼女の話は、他のどの号にも掲載されていない。ただ、これを一般的なタクシーの幽霊話とみれば、死んだ場所やその近辺に姿を現すパターンの地縛・浮遊型の事例となるであろう。

もう一つは、日本の各地で語り継がれる「幽霊が育てた赤ん坊」の話。

「夜中に女が飴屋に飴を買いに来る。それが毎晩毎晩続くので、飴屋は不思議に思い、そっと女のあとをつける。すると、女は村の墓場へ向かい、新しく埋葬されたばかりの墓へ、すーっと吸いこまれるように消えてしまう。そして、墓の中から、『おぎゃぁ、おぎゃぁ』という赤ん坊の泣き声と、それをあやす女の人の声が聞こえてくる。その墓を掘り返すと、このあいだ亡くなったばかりの妊婦である女の人の遺体のそばで、まるまると太った男の子が泣きながら飴をしっかりとにぎりしめていた」

こうした子育てをする幽霊の話は、実は日本全国に存在する。古くは平安時代末期に成立したと見られる説話集『今昔物語集』にもその原型を見ることができる。地域によって飴が団子であったりするような違いはあるが、内容はほぼ前掲の通りである。幽霊がその姿を現す理由。それは、恨み、愛情、存在証明（ここにいることを誰かにわかってほしい）である。

第二節　なぜ幽霊が見えるのか

1

「そうでした、いくつか事前にお話ししておかなければならないことがあります」

心理学者は私の後ろでそう言った。

「まず、必ずしもあなたがお会いしたい故人が現れるとは限りません。これまでの鏡視の事例では、あなたに伝えたいことがある故人がいらっしゃる場合、そのかたが優先されることがあるようです。また、この部屋でお会いできなくても鏡視終了後に別の場所に現れることもあります。鏡視の研究で著名なムーディ博士ご自身のときも、そうであったとそのご著書のなかで書かれています」

私の身近な故人といえば、富士子と父であろう。祖父母との記憶はほとんどないから、向こうが伝えたいことがあるとは思えない。しかし、富士子ではなく父が出てきても……。それはそれでうれしいし、幽霊の存在証明にはなるだろうが、ちょっと有難迷惑な気もする。

「それでは私は退室しますので、リラックスして鏡視をしてみてください」

そう言って心理学者は暗い部屋から出ていった。

2

人が幽霊を見るのはなぜか。それには所説がある。科学的見地に基づくものでいうと、①暗示錯覚説、②磁場及び電圧効果による幻覚説、③体調の変化による幻覚説、が有力であろう。それぞれ、どのようなものか少し詳しく見てみよう。

①暗示錯覚説

この説は、幽霊が出るという恐怖感による暗示から幽霊を見たと錯覚してしまうという、いわゆるパレイドリア現象である。たとえば、肝試しに心霊スポットとされるトンネルを通るとき、ここで誰かが殺されたという事実が恐怖を呼び起こし、壁のシミなどを見て幽霊だと錯覚してしまうというものだ。

スイスのチューリヒ大学病院の神経心理学者ブルッガーは、超常現象を体験したと思い込む効果の多くが脳の右半球に関連していることに気づいた。人間の脳は左右の半球に分かれており、右脳は顔認識やある種の創造的思考、視覚的イメージ、音楽などに秀でている。ブルッガーは右脳優勢をはかるテストを数百人の被験者に実施し、超常現象を信じる度合いを自己申告してもらった。超常的な体験をしたことのある人々は右脳の優勢を示すテスト結果になる傾向があった、という。

②磁場及び電圧効果による幻覚説

カナダのローレンシアン大学のマイケル・パーシンガー博士は、その場所に何らかの磁力または電圧が生じており、人間の脳がその磁気を受けると、側頭葉の「ニューロン」が活性化し過去の記憶が無作為に呼び起こされ、実際にはその場に存在しない映像や音などが、あたかも体験しているかのように感じてしまうことがある、としている。

ロンドン大学ゴールドスミス・カレッジの研究チームは建築家とともに「幽霊の出る部屋」を科学的に設計した。彼らがこの実験の着想を得た先行研究では、被験者を電磁場（ＥＭＦ）や低周波音波にさらしたところ、幽霊のようなものに遭遇したと報告したという。

これに、殺人や自殺などの因果関係があれば、暗示錯覚効果も加わりさらに幻覚を見る可能性が高まる。

③体調の変化による幻覚説

病気や睡眠不足などにより意識レベルが低下し自己催眠的に幻覚を見る、という説。たとえば、入眠後すぐに幻覚を見る入眠時幻覚がこれにあたる。入眠時幻覚では、眠りに落ちる際にまるで現実に体験しているかのような、非常に鮮明で生々しい夢を見る症状が発生する。夢の内容や状態は様々で、「蛇や妖怪などのような恐ろしいものが体の上に乗っている」、「玄関や窓から誰かが忍び込んで襲ってくる」、「天井に死神がいて体を圧迫する」といった例が多い。この現実感、恐怖感を伴った夢には、触感、運動感覚などの五感を伴うことも多く、音が聞こえるようなこともある。グリーフケアで死別者の多くが体験するチラつき現象も、体調の変化による幻覚説に振り分けることができるであろう。

また、脳の障害により幻視が生じることも知られている。米国の神経科学者・ラマチャンドランは、脳の障害によって私たちが認識する世界に生じる健常ではあり得ない現象を、『脳のなかの幽霊（phantoms in the brain）』と名付けた。例えば、視野の一部が欠損すると、そこに一致して幻視が出現するという盲視野内幻視がこれにあたる。また、癲癇発作や皮質の血流変化により、下部側頭葉皮質の機能が変化し、その結果、複雑幻視が生じるようなケースもあると言われている。

一方、心霊的見地に基づくものでは、①ＥＳＰ的能力説、②因果関係説、が有力である。

①ＥＳＰ的能力説

文字通り、幽霊を見る能力を備えているので、幽霊が見えるという説。後に詳細にみるが臨死体験をすることによりこうした能力が開花することもあるという。また、これまで見てきた鏡視は、アンリ・コルバンの mundus imaginalis を受け入れるのであれば、道具によってＥＳＰ能力を補完することで幽霊を見るものだということもできる。

②因果関係説

磁場及び電圧効果による幻覚説と同様、磁力を根拠とするが、その発生源を人が死ぬときに抱く恨みなどの強い思念に置くもの。その強い思念が、脳内に強い電流となることで磁界が発生し、その土地にとどまるという説。磁場及び電圧効果による幻覚説があくまでも自然を発生源とするのに対して、人の意識がある種のエネルギーとなってこの世に残るというものである。

3

その他、科学的でありながら心霊よりの説に思えるものに、量子脳理論がある。

二〇二〇年ノーベル物理学賞を受賞したイギリスの数理物理学者ロジャー・ペンローズは、臨死体験について次のような説を唱えている。

「脳で生まれる意識は宇宙世界で生まれる素粒子より小さい物質であり、重力・空間・時間にとわれない性質を持つため、通常は脳に納まっているが、（臨死）体験者の心臓が止まると、意識は脳から出て拡散する。そこで体験者が蘇生した場合、意識は脳に戻り、体験者が蘇生しなければ意識情報は宇宙に在り続けるか、あるいは別の生命体と結び付いて生まれ変わるのかもしれない」

これは臨死体験に関するものではあるが、臨死体験の重要要素に故人との再会があるため、突き詰めていけば幽霊の存在証明にもなるであろう。

また、先に紹介した漱石の『琴のそら音』にも、なんとペンローズの量子脳理論に繋がるような表現があるので、引用してみよう。

「それで時間を調べてみると細君が息を引き取ったのと夫が鏡を眺めたのが同日同刻になっている」

「いよいよ不思議だな」

この時に至っては真面目に不思議と思い出した。

「しかしそんな事が有り得る事かな」と念のため津田君に聞いてみる。

「ここにもそんな事を書いた本があるがね」と津田君は先刻さっきの書物を机の上から取り卸しながら、

「近頃じゃ、有り得ると云う事だけは証明されそうだよ」と落ちつき払って答える。

法学士の知らぬ間に心理学者の方では幽霊を再興しているなと思うと幽霊もいよいよ馬鹿に出来なくなる。知らぬ事には口が出せぬ、知らぬは無能力である。幽霊に関しては法学士は文学士に盲従しなければならぬと思う。

「遠い距離において、ある人の脳の細胞と、他の人の細胞が感じて一種の化学的変化を起すと……」

これはまさしく量子もつれのことのように思えるのだが……。

第三節　幽霊を見る意義

1

薄暗い部屋に一人残された私は心理学者に言われた通り、できるかぎりリラックスして正面の鏡を見つめた。さて、何が映るのであろうか。富士子に会うことはできるのであろうか。私はワクワクしながら鏡を見つめ続けた。このとき、私自身の感覚でいえば、完全に覚醒していることを意識していた。

子どもたちの臨死体験を専門に調査してきたアメリカの小児科医メルヴィン・モースは、臨死体験・死者の再訪・ヒーリングヴィジョンなど死の周辺で起こる神秘現象「Death-related visions」の研究を続けている。モースは、科学対神秘の関係を、過去の事例から次のように語っている。

「科学的なリサーチというものは、困難で骨の折れるものである。ことに神秘的な要素がからんでくると、それに対する科学・医学界の反発たるやすさまじいものがある。科学のあゆみはのろい。例を挙げれば、前向きな思考を持つといった単純なことが、回復の速度を実際に向上させることがあるということが医学界で認められたのは、ごく最近のことだ。何年にもわたるリサーチの結果、やっと認められたのである。ところが、心に回復の速度を上げる力があることが一度認められると、とたんにあらゆる年代の医師がそのことを患者に広め始める。するとたちまち何百万という患者が、バイオフィードバックから神への祈りに至るまでの新しい医学療法を、病気の回復の手段のひとつとして嬉々として実行するようになった。

「Death-related visions」についてモースは、「60％もの人が体験している」ような「わたしたちの暮らしのなかでもっともありふれた超常現象である」と定義付けている。しかしながら、「Death-related visions」は死別者の悲しみを軽減するものであるにも拘わらず、「ほとんどの心理学者や悲哀療法カウンセラーは、そういった体験を何の意味もない幻覚だと考えている」ことに疑問を投げかけている。

このモースの主張と同趣旨の研究報告がウエールズの開業医W・デューイ・リーズによって、一九七一年、『British Medical Journal』に掲載されている。デューイは、配偶者を亡くした男女の「Death-related visions」を調査。その結果ほとんどの死別者が故人との再会をはたしており（ただし、デューイは現象そのものについては「幻覚」という単語を用いている）、その体験は恐怖ではなく大きな喜びを感じるものであったとし、配偶者の死後一年以内の死別者の死亡率は、この体験をした群のほうが低かった、としている（ちなみに、妻を亡くした男性の余命は、同年齢の平均余命よりも短くなる可能性が30％も高い、という調査報告、また、伴侶と死別した高齢者は、その後の半年間は死亡率が40～50％上昇する、との調査報告もある）。見方はどうあれ、「Death-related visions」が、死別者の悲しみを軽減するものである、というモースの主張に合致する結果であることには間違いない。

また、イギリスとアメリカの心霊現象研究協会の創立に貢献したイギリスの物理学者ウィリアム・フレッチャー・バレットは、「Death-Bed Visions-The Psychical Experiences of the Dying（一九二六年）」で、死にゆく人が亡くなった親戚や友人を見て認識しているように見える多くの興味深い事例について報告している。これが「Death-related visions」に関する研究報告のはじまりであろう。本書のなかでバレットは「これらのケースは、おそらく、死後の生存のための最も説得力のある議論を多数形成する。死にゆく人のことを鮮やかに見ていながら、かつ、その人の死を完全に知らなかったという事実が否定できないのであれば、死のこれらのvisionsの証拠的価値と真実適正は大幅に強化される」と「Death-related visions」の証拠として提示している。

2

モースは「Death-related visions」について、霊的なものが存在する、という前提にたち、人がそれを見ることができる理由を次のように考えている。

「わたしは単純に、人間の脳には、人によっては神秘現象と考えるようなものと接触できる領域があると考えているのだ。この部分が、死を迎えるときや、ときには危険にさらされた場合などに活動を始める。また、知識を授けてくれる場合もある。ポリオ・ワクチンの開発者のひとりジョナス・ソーク博士は、脳のこの部分を『宇宙的意識』との通信手段と呼んでいる。博士は、高度に進化した人だけが、しかるべきときに脳のこの領域を活用することができると考えている」

そして、モースはそのありかを「もし人間の魂がどこかに存在するとしたら、それは右側頭葉にあるのではないか」としている。

3

モースが右側頭葉を魂の領域だと考える理由は、カナダの脳神経学者ワイルダー・

ペンフィールドの実験にある。ペンフィールドの時代より以前、癲癇は悪霊によって引き起こされると考えられていた。しかし、実験により癲癇は損傷した脳が放電し患者を人事不省に陥らせる現象であることが解明されると、ペンフィールドは、損傷した脳皮質を除去することで癲癇を抑制する手法を考案するに至る。そして、ペンフィールドは自分の姉を含む数人の手術を手がけた後、①損傷した皮質は全て除去すること、②皮質を除去しても、除去された部分の皮質の役割は他の部分が補う、③除去した部分の空間は放置しておけば自然に液体で埋まるので、異物を埋めないこと、を一九二七年に発表した。またペンフィールドは、自分が手術した患者の事例をビデオ撮影。その患者は相当な量の皮質を除去され、手術後当初は体の動きがぎこちなく、麻痺しているように見えたにもかかわらず、リハビリを通して次第に機能を回復し、職場に復帰したことを公表。これは医学界に一大センセーションを巻き起こすこととなった。

ペンフィールドは、30年間にわたる数多の手術例から、頭皮に局部麻酔をして微電流を帯びた電極を脳に当てると、特定の器官が運動することを発見。ある患者は、脳に電極を当てると「手が動いていないのに、動いているように感じる」と語り、またある患者は手術中に突然右手を動かしたため、ペンフィールドが「なぜ右手を動かすのですか」ときくと、患者は「手など動かしていません」と答えた。当時、側頭葉には言語野があり、この部分に手をつけると言語障害を引き起こすことが知られていたため、それまで医師たちはこの部分を禁断の地と捉え、手をつけようとはしなかった。しかし、ペンフィールドはこの禁断領域への手術を敢行し、言語野に電気刺激を与えると、人の言語の働きを操作できることを知ったのである。その結果、側頭葉のある部分に電極を当てると、一時的に失語症になることに気が付く。このような皮質と各器官との関係をペンフィールドはオドア・ラスムッセンとともに「脳地図」として発表した。

そしてペンフィールドの最大の功績、それは、右側頭葉に電気刺激を与えると、①過去の記憶の追体験、②体験の実在感がなくなる体外離脱、③初めて見たものを以前見たように感じる仮性既視、④何度も見たはずのものが初めて見たように感じる仮性未視、などが生じることを発見したことである。ある患者は、自分がモントリオールで手術を受けているのを知りながら、南アフリカにいるはずのいとこの姿が見え、自分と談笑していたと語った。またある患者は、脳に電極を当てると、突然「どうして椅子に座っている人が見えるの！」と叫んだという。

ところで科学者であるペンフィールドは、この現象をどう結論付けたであろうか。

もしも脳が「意識」そのものならば、電気刺激によって意識は混乱するはずだ。しかし記憶の「再現」を経験したどの患者も、それが「幻覚」であり、自分が手術を受けていることを確かに認識している。手足が勝手に動いても、それが操作されたものであることを認識し、意識の混乱もない。しかも電気刺激によって何かを決心させたり、信じ難いことを信じさせたりすることもできない……。ペンフィールドは、脳を刺激してもこころは動かされないと結論づけた。つまり、心霊側（霊魂説）に軍配をあげたのである。そしてペンフィールドは次のように語った。

「人間は誰しも、自分の生き方と個人的な信条を自分自身で選ばなければならない。これは科学の助けを求めることはできないのである。私も長い間自分なりの信仰を持ち続けてきた。そして今、科学者もまた誰はばかることなく霊魂の存在を信じうることを発見したのだ！（『脳と心の正体』）」

一方、二〇〇六年、スイス連邦工科大学ローザンヌ校の研究グループは、重い癲癇のため手術を控えていた若い女性患者の発作をモニターするための電極を脳の表面に挿入し、脳の側頭葉と頭頂葉が交差する領域に微弱な電流を流すという実験を行った。すると彼女は、自分自身の姿勢を真似て近くに潜んでいる影の存在を見たと報告したという。そして、この研究結果をもとに、同様の幻視を健常者でも引き起こすというロボットが開発されている。

幻覚にせよ霊魂との連絡器官であるにせよ、「Death-related visions」の鍵は右側頭葉にあるらしいことは、科学の側からの実験により現実性を帯びつつある。しかし、脳と独立した心の存在＝霊魂の存在＝幽霊を示す科学的な証拠、それを否定する証拠、いずれも充分ではないのである。

けれども、モースが主張する通り、「Death-related visions」が、死別者の悲嘆や絶望を軽減してくれるものであるならば、「前向きな思考を持つ」ことと同様、医療の現場でもうまく活用すべきだと私も思う。幽霊をみることの意義が、人に恐怖を生じさせるのではなく、安らぎを与えるものである、と捉えることは科学側（幻覚説）であっても心霊側（霊魂説）であっても、利点こそあれ困るようなことは何一つないのだから。

「Death-related visions」が幻覚なのか、それとも霊魂なのか、私のなかで、それはまだ判然としていない。

第四節 スイッチを入れる

1

鏡視のほかにも、もう一つ幽霊に会う方法がある。それは臨死体験だ。臨死体験の基本パターンにおいて、故人が迎えにくる、というものがある。臨死体験とは、心肺停止状態など死んだ状態から蘇生した人が体験するという、まさに死に臨む瞬間の出来事のことである。医療技術の発達により、心配停止状態から蘇生する人の数は過去に比べて増えてきており、それに比例して臨死体験の事例も増えている。

臨死体験が本格的に研究されはじめたのは一九七〇年に入ってからで、アメリカの精神科医エリザベス・キューブラー・ロスの『死ぬ瞬間』及び第二章でみたレイモンド・ムーディによる『かいまみた死後の世界』などの事例収集の発表が、そのきっかけとなっている。日本でも立花隆の労作『臨死体験』がある。

臨死体験が何であるかは、前記の研究書を紐解けば詳らかなので、ここではいくつかポイントを絞って考察をしてみたい。

2

ポイントの一つめは、臨死体験がもたらす心理的な変化である。臨死体験は体験者の心理にどのような変化をもたらすのか、ムーディの研究によると、①人生の目的が新しくなった、②喜びや愛情に目を向けるようになった、③直観力が鋭くなった、④死を恐れなくなった、という四つの変化があげられている。これらの変化をみると、臨死体験は総じてポジティブな心理変化をもたらすようだ。

　スイスの精神科医・心理学者カール・グスタフ・ユングも臨死体験によって、ポジティブな心理変化を得ている。ユングは、一九四四年のはじめに、心筋梗塞及び足の骨折により意識喪失のなかで譫妄状態となり臨死体験をした。ユングの臨死体験の内容はこうだ。

「私は宇宙の高みに登っていると思っていた。はるか下には、青い光の輝くなかに地の浮かんでいるのがみえ、そこには紺碧の海と諸大陸がみえていた。脚下はるかかなたにはセイロンがあり、はるか前方はインド半島であった。私の視野のなかに地球全体は入らなかったが、地球の球形はくっきりと浮かび、その輪郭は素晴らしい青光に照らしだされて、銀色の光に輝いていた。地球の大部分は着色されており、ところどころ燻銀のような濃緑の斑点をつけていた」

これは臨死体験の特徴の一つである体外離脱であろう。この内容について立花隆は、その著書『臨死体験』において「それを読んで私は驚いた。それが客観的な宇宙から見た地球像とよく合っていたからである。これが現代の記述なら私も驚かない。我々はみなアポロが撮った地球の写真を見ているから、ユングと同じように地球を描写できるだろう。しかしユングは、これをアポロ以前どころか、ガガーリン以前に書いているのである」と記している。さらに、ユングが地球を見ているのは「どれほどの高度に達すると、このように展望できるのか、あとになってわかった。それは、驚いたことに、ほぼ１５００キロメートルの高さである。この高度からみた地球の眺めは、私が今までにみた光景のなかで、もっとも美しいものであった」であり、ガガーリンが地球を見た高さ（１８１－３２７キロ）よりはるかに高い。

さらにユングの臨死体験の記述を続ける。

「私が岩の入り口に通じる階段へ近づいたときに、不思議なことが起こった。つまり、私はすべてが脱落していくのを感じた。私が目標としたもののすべて、希望したもの、思考したもののすべて、また地上に存在するすべてのものが、走馬灯の絵のように私から消え去り、離脱していった」

これはパノラマ回顧にあたる体験と位置づけられる。ユングは、「この過程はきわめて苦痛であった」としているが、続いて「しかし、残ったものはいくらかはあった。それはかつて、私が経験し、行為し、私のまわりで起こったすべてで、それらのすべてが、まるでいま私とともにあるような実感であった。それらは私とともにあり、私がそれらそのものだといえるかもしれない。いいかえれば、私という人間はそうしたあらゆる出来事から成り立っているということを強く感じた。これこそが私なのだ。『私は存在したものの、成就したものの束である』この経験は私にきわめて貧しい思いをさせたが、同時に非常に満たされた感情をも抱かせた。もうこれ以上に欲求するものはなにもなかった。私は客観的に存在し、生活したものであった、という形で存在した。最初は、なにもかも剥ぎとられ、奪われてしまったという消滅感が強かったが、しかし突然、それはどうでもよいと思えた。すべては過ぎ去り、過去のものとなった。かつて在った事柄とはなんの関わりもなく、既成事実が残っていた。なにが立ち去り、取り去られても惜しくはなかった。逆に、私は私であるすべてを所有し、私はそれら以外のなにものでもなかった」

臨死体験後のユングに何が起こったか。それは、「私の主要な著作の多くは、この時期にはじめて書かれた」というユング自身の言葉が如実に表している。ユングはこの後の十七年間に、『転移の心理学』、『アイオーン』、『ヨブへの答え』、『結合の神秘』などの主要著作を発表している。そして、自分の信念を明確に示すことで、科学と心霊の垣根を超えることに対する非難を厭わなくなったのである。

3

　ポイントの二つめは、臨死体験により、視覚・聴覚・触覚・味覚・嗅覚といった五感の鋭敏化や、透視能力、テレパシー、未来予知、霊的な存在の感知、ヒーリング能力など、超常的感覚の出現といった感覚の変化の獲得である。

　この変化について、臨死体験者について、二〇一八年三月から二〇一九年十月中旬に実施された調査『日本人の臨死体験事例調査』では次のように報告されている。「臨死体験後の超常的感覚の出現については次のような調査結果となった。二十例中十五例が臨死体験後に何らかの超常的感覚や超常現象を体験しているのである。

①未来予知的な感覚が出現したというケース
・親類がいつ亡くなるか敏感にわかるようになった
・夢の中で亡くなった人から具体的なことを告げられ、それが後で現実に起こった
・相手に尋ねようと思っていたことに対する相手の回答が事前にはっきりと分かった
②通常では目に見えないものを感知する能力が出現したケース
・何らかの霊的存在が見える・感じられる

・人間、植物、鉱物などのエネルギーが見える・感じられる
・他人に起こった出来事がテレビモニターのような画面に映し出されて見える
・本人が知り得ないような過去の出来事を感知する
・意識すれば頭上の視点からものを見ることができる
・体外離脱が自在にできるようになった
・シンクロニシティ現象と感じられることが頻繁に起こる
・UFO（未確認飛行物体）を目撃する」

また、アメリカのコネチカット州立大学心理学教授ケネス・リングが、一九八四年に実施した調査でも、遠隔透視能力、テレパシー、予期や予知、過去の探知、体外離脱、霊的な存在の導きなどが臨死体験以前に比べて高い割合で出現したことが報告されている。

4

では、なぜこのような超常的感覚の出現といった感覚の変化が生じるのであろうか（真偽はさておき）？　リングの仮説はこうだ。

「（臨死体験の）コア経験の初期の段階を、身体から抜け出る事実があることによると解釈する立場を明らかにするために、私は、肉体から抜け出る経験が現実であることを証明しようとする経験的な証拠が豊富にあること、それらの証拠は、われわれの得たニア・デス経験体験者たちの叙述に一致すること、死は物理的な肉体から第二の肉体―生き写し―が分離することをともなうというきわめて暗示的な証拠があることを示してきた。ここで、私は、この解釈は超心理学的接近と切り離せないあらゆる弱さを免れないものであるということ、したがって、そういう見地から評価されなければならないということを繰り返しておきたい。

この分離説をとるとき、密接的な関係が明らかにされなければならない問題がある。読者の中には、私が断固避けてきていても、私は霊魂の概念を裏口から入れようとしていると考える人がいるかもしれない。確かに、死のときに肉体から離れる〝何か〟について語ることは、ほかのどういういい方をするにしても、霊魂のことを話しているように聞こえるかもしれない。私としては、心理学―私の専門分野―の根源的な意味は、〝霊魂〟あるいは霊魂の化身（サイキ）の研究ということであるのを思い出したほうがいいかもしれない。オシスとハラルドソンは、この問題について『もし経験的事実がそれを要求するならば、霊魂の概念を考えるべきときである』と言っている。ムーディも、似たような立場をとるようである」

つまり、臨死体験が生じるのは霊魂が存在するからであり、「私は、コア経験を、人をホログラフィー的領域へ導く神秘的経験の一つの型だと仮定している。この意識の状態においては、時間や空間が普通持っているような意味を失って、人が感じることになる新しい現実の秩序―周波数領域―がある。つまり、死んでゆく行為は、意識が普通の外に見える世界から純粋に周波数だけで構成されるホログラフィー的現実へ移行することになるのである」

三年にわたる臨死体験者の集中的な調査により、リングは『Heading Toward Omega』を著した。リングは本書のなかで、臨死体験の意味を知る鍵となる後遺症を初めて詳細に検討し、臨死体験はその人の態度、信念、価値観を一変させる傾向があり、しばしば霊的覚醒の触媒となることを明らかにしている。そしてこのことについて、リングは、人類はいま新しい進化に向かう過渡的状態であり、その進化の方向は臨死体験に示されている、という。

また、実際に臨死体験を複数回経験しているP．M．H．アトウォーターは、臨死体験による意識の変容について、視覚、聴覚、触覚、味覚、嗅覚の五感を拡張し、（物理的な形への依存を超えた）精神的な次元を包含することができるようになるとしている。具体的には、①視力の変容／目を使わずに見ることが可能になる、②聴力の変容／音楽の存在なしに聴くことが可能になる、③触覚の変容／触れることなく、物体を感じたり、その物体に影響を与えたりすることが可能になる、④味覚／識別力を使わずに味を感じることが可能になる、⑤感覚／事前に気づくことが可能になる、という。要するにリングやアトウォーターの考えは、臨死体験によって、何らかのスイッチが入り、もともと人間に備わっていた『超能力』が開花（強化）する、ということだ。その結果、従来では見えないはずの非物質的世界をかいまみることができるようになり、幽霊＝霊魂に会うことができるのである。

第五節　鏡視　幽霊に会う

1

この部屋には時計がない。腕時計も心理学者の指示により外している。

どのくらい時間が経過したであろうか？

私は鏡を見つめ続けているが、まだ、何も起こらない。

このまま何も起こらないのだろうか？

私には魂と会うための資質が欠けているのだろうか？

それとも結局、魂などないのであろうか？

人間は死ぬと土にかえるだけなのだろうか？

焦りと不安が膨らんでいく。

まるで、寝付けない夜のように。

……これではだめだ。そう、リラックスしなければ。心理学者は、できるだけリラックスしたほうが故人に会える可能性が高まると言っていたのだから。

私は気を取り直してもう一度座りなおすと、ぼんやりとした視線を鏡に向ける。

しばらくすると、薄暗い鏡の中を、上から斜め下に向けて一筋の光が走った。

続いて、もう一つ、二つ……。

これは何だ？　まるで流星群のようだ。

私は、富士子と二人で見たふたご座流星群のことを思い出した。その年、結婚したばかりの私たちは本駒込にあるマンションの二階の一室を借りて暮らしていた。かなり古いマンションだったが、この部屋にだけ一階の店舗の屋根にあたる大きなベランダが付いていた。真冬の夜中に、私たちは厚着をしてそこに寝ころび、手を繋いで流星群を眺めたのだ。

「あ、流れた！　願い事できた？」と富士子が言った。

「見とれていて間に合わなかった。ふーちゃんは？」

「私も間に合わなかった」

「よし、次こそ」

「何を願うの？」

「ずーっと一緒にいられますようにって」

数多の流星が流れ去ると、鏡のなかは一転して満天の星空を映し出す。

これも見覚えがある。二人で毎年訪れた伊豆高原の温泉宿。そこで夜中に起きて露天風呂に浸りながら二人で眺めた満天の星々だ。体の力が抜け、あたかも湯の中に浸かっているような脱力感と暖かさが私の身体を包み込む。

「北斗七星が見えるね」と私は柄杓のかたちに並ぶ七つの星を指で繋ぎながら言った。

「オリオン座も見えるよ」

「どこ?」

「あっち、あっち、鼓みたいな形だよ。オリオン座が沈むとさそり座がでてくるんだって。知ってた?」と富士子が得意げに言う。

私は露天風呂のなかで立ち上がり、前方をみる。大島の海岸沿いの家々が小さな灯りをともしている。時折、灯台の光がこちら側に向かって流れてくる。

「ずーっとこんな時間が続けばいいのに」

富士子が露天風呂に寝ころびながらつぶやく。

また、場面が切り替わる。まだ朝早いなか、私たちは根津神社へと歩いている。空はまだ暗く、宵の明星を含む三つの星が三角形をなしているのが見える。

「東京でも大きな星は綺麗にみえるね」と私は空を指さしながら言った。

「ほんとだ。三角形にみえる」

「ほら、右上の星からまっすぐ横に小さな星があるの見える？」

「よく見えない。なんて星？」

「赤ちゃん星」

「ははは。かわいいね」

「そういえば、赤ちゃん星って、宇宙空間に漂う密度の高い分子雲、「分子雲コア」にくるまれていて、周囲の磁力線を巻き込みながら成長するんだって。ニュースで言ってた」

「磁力線かぁ。私もハイパーサーミアの治療がんばるからね。電磁波だし」


星々のパノラマ回顧が終わると、鏡は再び暗闇に戻る。

私は鏡のなかを見つめ続ける。

すると、人のようなかたちがゆっくりと現れはじめる。

それは、富士子の姿のように見えるが、はっきりとはしていない。

（私は元気だよ。おなかも元にもどったから、今は、苦しくも気持ち悪くもないの）

突然、富士子の声が私のなかに入ってくる。音が聞こえるわけではなく、頭のなかで感じているのだ。


ついに、富士子に会えたのだろうか？

私は鏡のなかを凝視する。

人型は徐々に鮮明になってくる。

やがて、それは見覚えのある懐かしい富士子となって現れた。

でも、最期の富士子とはちょっと違うようだ。

何というか、そう、元気だったころの富士子の姿のように見えた。

私は茫然として富士子の姿をただ見つめた。

このときをどんなに待っていたか。

このときをどんなに想像していたか。

このときをどんなに期待していたか。

なのに、まったく言葉がでてこない。

こころが痺れるような、それでいて暖まるような、なんとも言えない不思議な感覚が私を支配する。

（大丈夫。ひーちゃんが知りたいことは全部わかっているから。安心して、すべてのことはきっとうまくいくからね）

（また、一緒になれるの？）ようやく私はそう思った。

（ええ、いつかまた一緒になれる。それまでがんばってね。私もがんばるからね）そう感じると、富士子の姿は、鏡のなかへと消えていってしまった。

富士子との会話？　はそれだけだった。もっと聞きたいことはいっぱいいっぱいあったけど。でも一番知りたいことが聞けたことに私は十分満足していた。

安楽椅子に腰かけたまま、私はしばらく脱力したままだった。あれは決して幻視ではない。私は確かに完全に覚醒していたし、富士子の声ははっきりと響いていたし、姿も鮮明であったのだから。

第六節　幻像か現実化か

1

このムーディの実験について、実は、ムーディ自身ははっきりと「幻像」であると言っている。つまり、鏡視は、水晶玉や鏡を凝視し、そこにヴィジョンを見てとる『技術』であるというのが、ムーディの見解だ。

「私は、鏡視で見える幻像も、無意識の領域にひそむものを探る手掛かりになると思う。鏡に見える像は、ほとんどが見る人の心から生まれたものなので、その像を分析するのは、いわゆる投影検査法を行うようなものだといえる。投影検査法とは、あいまいな図形や文章に対する被験者の反応から内面にひそむ性格や個性を見つけ出す検査方法のことで、インクのしみが何に見えるかを問うロールシャッハ・テストはその代表格である。そうしたテストは、心理療法を受ける患者の精神状態を評価するのに非常に役立つ」

「幻像にこちらから働きかけようとすると、状況が複雑になり、かえって幻像を見るチャンスが減ってしまう。何度も実験をして鏡視の技術が向上したら、恍惚状態に入る前に特定の質問を思い浮かべてもよい。この方法は、自己を探求し理解するために鏡視を行う場合は特に役立つ。しかし、幻像が見えだした後にそうした働きかけをすると、幻像はたいてい消えてしまう。これはたぶん、意識的にものを考えると、幻像を生み出す入眠状態が破られるからだと思うが、確かな理由はわからない」

なんと、こと鏡視に関する限り、脳神経学者ペンフィールドが科学側から心霊側に軍配をあげたのとは逆に、ムーディは心霊側から科学側に軍配をあげているのである。

しかし、「Death-related visions」全体で考えた場合、幽霊＝霊魂の存在が完全に否定されたわけではない。たとえ鏡視が技術であったとしても、そこで見たものすべてが幻像であると言い切ることには抵抗を感じる。科学に軍配をあげつつも、ムーディも「これはたぶん、意識的にものを考えると、幻像を生み出す入眠状態が破られるからだと思うが、確かな理由はわからない」としているからだ。

交霊と鏡視を通して、私は、富士子の声を聴き、姿を見ることができた。富士子の魂と触れ合うことができた。もちろん、自分の実感から言えば、魂が存在することは間違いないように思える。しかし、本当にそう言い切るためには、もう一つの壁を乗り越えなければならないだろう。つまり、魂の存在は、意識とこころと魂の関係に絞られたように思える。ならば、意識とは何かを明らかにすることが最後に残された課題であろう。

第三章　魔境

「死はこの生における成長の究極段階である。トータルな死というものはない。ただ肉体が死ぬだけなのだ。自己（セルフ）といい、霊（スピリット）というもの、その他あなたがどういう名で呼ぼうとも、このものは永遠である」

エリザベス・キューブラー・ロス

第一節　死後の世界に行く

1

「それでは今回の目的は、亡くなられた奥様にお会いすること、なのですね」

その店員はいくつかのCDを選びながら、そう私に言った。

これまで試してきた交霊と鏡視では、いずれも富士子を感じることができた。しかし、私はまだ魂の存在の確証を持てずにいる。交霊の場合は霊媒の別の能力、すなわちテレパシーの可能性も捨てきれないし、鏡視の場合は幻視の可能性が考えられるからだ。そして、もう一つの疑問、魂が存在するとして、いったい富士子はどこにいるのであろうか？

「はい。妻は今どこにいるのか。どのように暮らしているのか。そうしたことも知ることができると伺ったものですから」

「もちろん可能ですよ。フォーカス21という時空の縁があります。ここは、他のエネルギー・システム、いわゆる非物理的世界への架け橋とされています。脳の状態で言いますと、深いデルタ睡眠の状態ですね。しかし、精神は完全に覚醒しています。まあ、日本人ですと、三途の川のある場所とでも言えばわかりやすいでしょうかね」

「いわゆる死後の世界ということでしょうか？」

「死後の世界はその先です。フォーカス21から先は肉体を持ったままではなかなか到達することができないとされています」

私が試そうとしているのは、ヘミシンクと呼ばれるもので、特殊な音響技術を使用して作られたＣＤを聞くことによって、「変性意識状態（Altered state of consciousness)」という意識状態を体験できるとするオーディオ・ガイダンス技術である。

「こちらのＣＤを聞いているだけでそれが可能なのですか？」

「ええ、基本的には。ですが、意識の合わせ方など、経験を積んで学んでいかないと、なかなかすぐにはうまくはいきません」

2

ヘミシンクの開発者ロバート・Ａ・モンローは、もともとアメリカ放送業界のエグゼクティブであった。モンローは、一九五八年のある夜に体外離脱体験をしたことから、その研究を始める。そして更なる研究をすべく、一九七一年にモンロー研究所を設立。モンロー研究所は医療機関や大学などと共同研究を行い、五十年以上にわたって実証的な研究や教育活動を継続している。

ヘミシンクは体外離脱することにより、非物理的世界を探索するツールである。そのため体外離脱をすることが最初の一歩となる。モンローは自身の経験から、体外離脱をするためには完全な覚醒と睡眠のあいだの微妙な「接線」を維持することが重要であると考えた。そこでモンローが目をつけたのが、人間の脳と音の関係である。一般に、深い瞑想のような意識状態のときには、脳波の状態はシータ波（4〜8ヘルツ）を示すとされる。モンローはこの状態を再現することで体外離脱をサポートしようとしたのである。しかし、人の耳に聞こえる音は20ヘルツ以上なので、そのまま音を聞かせるだけでは、シータ波は再現できない。そのためモンローは、実験を繰り返し、さまざまな音の周波数を組み合わせることで、脳波の周波数をコントロールし、リラックスや熟睡、覚醒などはもちろん、覚醒と眠りの中間状態へと被験者を導くことができることを発見。具体的には、まずヘッドセットを使って右耳と左耳の聴覚を分離させた上で、左右の耳からそれぞれ若干違う周波数の音を聞かせる。例えば右耳から100ヘルツ、左耳から106ヘルツの音を聴かせると、右脳と左脳が同調して働き、106マイナス100の6ヘルツのシグナルが、第三の信号として脳内で生み出されるという仕組みである。

そしてモンローは、長い時間をかけて実験を繰り返し、被験者のあいだで効果のあるさまざまな周波数を比較することで、体外離脱体験やそのほかの変わった意識状態を引き起こしやすい周波数の組み合わせを突き止めるに至る。モンローは、こうした状態群を「フォーカス」と名づけた。フォーカスの体系においては、その番号が大きくなるごとに、現実の物理的世界から非物理的世界へ近づいていくとされている。ヘミシンクは、これらのフォーカス群を探索するための装置なのである。

3

「死後の世界についてですが、例えば、キリスト教と仏教とではだいぶ異なりますよね。またそんなこと自体信じていない人だっている。ヘミシンクを利用する人も千差万別なのにどうして共通した世界だと言えるのでしょうか?」

「ヘミシンクにおいて重要な存在が『ガイド』です。ガイドは、全自我、すなわち、あらゆる自分の集合体の中で、先に進化したものとされています。つまり、キリスト教からみればガイド=神、というように。ですので、死後の世界に対してどのような背景からイメージを持たれていても、そのまま反映されるのです」

ヘミシンクが描く死後の世界は、こうだ。

〈フォーカス23〉

モンローがその著書『魂の体外旅行』において、この世界を、最も内側の環体と名付けた。この意識状態にいる魂は、何らかの形で未だに地球の物理的世界とのつながりが切れないでおり、自分が死んだことを理解していない場合が多いとされる。そのため、生きている人と会話をしようと試み続けたり、あるいは自分の住んでいた家に居続けたりする。「幽霊」はここの住人なのだという。

この世界では、自分の思いが生み出した世界に閉じ込められている人もいる。例えば、自分が死んだことに気が付かず、病院のベッドの上で死が来るのをいつまでも待ち続けている人、キリスト教における最後の審判のラッパが鳴るのを待ち続ける人、戦争で受けた銃創にいつまでも苦しんでいる人など、である。そして、ここでは時間の感覚はないとされている。

〈フォーカス24～26〉

信念体系領域（Belief System Territories）と名付けられた世界。いくつもの世界に細分化されており、それぞれに共通の信念や価値観を持つ人々が住んでいるとされる。あらゆる時代、地域の人たちがここにいるとされる。たとえば、キリスト教の一つの宗派を信じる人たちが造った世界では、彼らはそこが天国だと信じて疑わない。キリスト教以外の宗教の信者も同様である。

また、いわゆる地獄的な世界も存在する。詐欺、強盗など他人を傷つける行為に生きがいを見出す人たちが集まり住んで、互いに永遠に傷つけあっている世界である。

ここでは24、25、26の三段階が存在するが、番号が小さいほど、その信念にどっぷり漬かっている状態となるという。ヘミシンクの死後の世界においては、自分の想いが具象化・物質化することに特徴がある。つまり、あらゆる宗教的世界（非宗教者も含めて）を飲み込んだ世界を構築していると言えよう。これであれば臨死体験を否定する根拠、すなわち地域や民族によって異なる体験―キリスト教圏であれば光やキリストの存在、日本であれば三途の川―をもうまく処理している。

〈フォーカス27〉

霊的に極めて進化した人達の想念により創造された世界。人はここに来てはじめて次の生へ転生することができるとされる。機能によりいくつかのセンターに分けられる。

まず、レセプション・センターでは、死のショックを軽減するようこの世の環境が再現されている。ヘルパーと呼ばれる人たちが、死んでここまでやって来た人の親や祖母、友人、牧師、僧侶などに仮装して死者を暖かく迎え入れ、死者が死のショックから早く立ち直れるようにする。

次いで、癒し・再生センターにおいて、生前に受けた怪我や病気が、死と共に無くなっていることを理解し、心的なダメージ（エネルギー体へのダメージ）などを癒やす。

そして、計画センターにおいて、次の人生についてカウンセラーと協議し概要を計画する。カウンセラーと一緒に過去世データを見て、今までどのように進歩してきたか、どこが更に改善が必要かを見極める。次の人生にはどのような選択肢があるか教わり、生まれる環境を選択する。重要な出会いとかはあらかじめ設定されるが、人生の詳細は決まっていない。

最後に、次の生を受けるまで待つ場所にいく。人間に生まれるまで順番を待つ人の列は長い。人は全員生まれる前に一切の記憶を消去する場所を通過しなければならない。そこを通過する際に拡大していた意識は物理的世界のみに集中するように圧縮される。中には広がったままで人間に生まれる場合がある。そういう人は過去生の記憶を持っていたり、他の人の考えがわかったり、いわゆる霊感が働いたりする。その場所を通過後、各自の生まれる時、場所へ向けて飛び去っていく。親子や夫婦として生まれる人たち、何らかのつながりのある人たちは意識の細い糸で互いにつながっている。

なるほど、これならあらゆる死後の世界をうまく網羅しているように見える。

続いて、主要な宗教における死後の世界を見てみよう。

〈仏教の死後の世界〉

仏教における死後の世界の考え方は、国や宗派によって異なっているが、おおよそ三つのパターンに分けられる。一つめは浄土に行くという考え、二つめは輪廻転生するという考え、三つめは何もないという考えである。ここでは十世紀末に比叡山の源信によって書かれた「往生要集」による死後の世界を概観してみたい。「往生要集」では、人の命が終わると、身根と意識が滅し、中有（死んで次に生まれ変わるまでの間）の次元に入るが、死者の意識や感受性はそのまま残っている、とされる。人が死んだときには、精神と意識状態とは等しいとは言えないが、また元を離れてはなりたたない。元の種々の行ないによって、それぞれの結果を得るという。善行を行なった者は善の中有に行き、悪を行なった者は悪の中有へと向かう。中有には三つの状態があり、一つめは感覚的な意識、二つめは思い、三つめは認識といえる意識状態である。この中有にある期間は一日、長い者で七日とされる。そして、その人の生前の行いによって地獄・餓鬼・畜生・人間・天上界へと行くことになる。

〈キリスト教の死後の世界〉

キリスト教では「死」を人間の原罪がもたらした刑罰と見なす。それゆえ、イエスは十字架を背負うことで人類の罪をあがなった。イエスが復活したことを信じる者は、すべての死者が復活する最後の審判の場面において裁かれる。「命の書」に記されていないものは火の池に投げ込まれ（第二の死）、記されているものは永遠の生命を与えられる。つまり、最後の審判の結果によって天国に行くか、地獄に行くかが決まるのである。ここには東洋的な輪廻転生の思想はない。

では、最後の審判までの間はどうなっているのか？

ここはプロテスタントとカトリックとで見解が分かれている。プロテスタントにおいては、復活前の中間状態を認める見解が多い。例えば、マルティン・ルターは、死者の状態は、夢のない眠りであり、場所と時間とを除去されて、意識と感覚がない、とする。死者は復活の日までどこにどれくらいいるのかを知らない。しかし、復活の日に目覚めたときの感覚は、たとえ千年経過していようとほんの一瞬の感じであるという。

一方、カトリックにおいては、このような中間状態は認められない。あらゆる者は、死後直ちに神の審判を受ける。そして死後の汚れを浄化し、最後の審判の前にすでに天国にあることになる。しかし、大罪を犯した死者は死後直ちに地獄に落とされる。つまり、最後の審判の前に、個人としての審判を受けるのである。だが、天国にあったとしても最後の審判までは、待機状態であり幸福な状態ではないという。そうでなければ最後の審判が形骸化してしまうからであろう。

先に見た仏教における浄土とキリスト教の天国との違いは、①浄土には死後すぐ行かれるが天国には行かれるにしても審判が下されるまで待たなくてはならない、②浄土は完全な解脱に向けて向上発展していく可能性があり、この世に戻って人々を救うこともできる場所であるが、天国では永遠に同じ身体で生き続ける、という相違点がみてとれる。

〈イスラム教の死後の世界〉

イスラム教においては、まず、最後の審判に至るまでの段階を三つの世界に区分する。

第一の世界は現世であり、実際に行動がなされる世界とか、最初の創造の世界などとよばれる。現世で人間は、自分の行動の善悪に対する報いの資格を得る。復活後、善人はより進歩するが、その進歩の様々な程度は人間自身の努力によるものではなく、神の慈悲によってのみ考えられるとされる。

第二の世界はバルザクと呼ばれるもので、中間の状態を意味する。つまり、第二の世界は現世と復活後の世界の中間に位置することになる。バルザクの状態では、魂は肉体から離脱し、死体は消滅してしまう。死後、肉体から離脱した魂は、バルザクにおいて現世での行動の善悪の報いや罰を受けるために、新しい肉体を一時的に与えられる。この肉体は泥でできた、滅びてしまうものではなく、現世での行動によって異なり、明るいものや暗いものがあるとされている。

第三の世界は、復活後の世界をさす。この来世では全ての魂は、善悪、美醜にかかわらず、目に見える肉体を与えられる。イスラム教において、罪と報酬は、死後直ちに与えられるとされている。つまり、地獄へ落ちる者は地獄へ、天国に導かれるものは天国へと、それぞれにふさわしい場所が与えられることになる。そして、一度地獄行きとなった人間は、どれだけ反省しても永久に天国に行くことができないとされている。こちらも、キリスト教と同様に、東洋的な輪廻転生の思想はなく、仏教の浄土との相違もまたしかりである。

〈神道における死後の世界〉

死後について神道では、神と同様、霊魂は永遠に残るとされている。人は死ぬと仏教でいうところの位牌に当たる霊璽に分霊されて家の守り神になり、本体の方は別の世界に生まれ変わるという考え方である。その霊魂の所在については多くの他界があるとされる。それらどの他界にも神が存在するが、代表的な他界はまず最も尊い神々のいる天上他界、次に国生みの母神がいる夜見（よみ）、これは長く地下世界と考えられてきた。そして第三が常世（とこよ）と呼ばれる海上の彼方に想定されている他界である。また農村の民間信仰では山中他界信仰も強く見い出される。

神道における死後の世界がその他の宗教のそれと決定的に異なるのは、霊魂が生まれかわる他界が、人間の生きている現実の世界と比較して、理想的にも地獄的にも描かれていないことだ。つまり、現実の世界と全く変わりがないのである。これは神霊も現実世界でお祀りさえすればこの世に現れるように、死霊もまたこの世の人が祭れば時を問わずこの世に現れるという信仰からきている、とされている。

このように主要な宗教の死後の世界を概観してみると、ヘミシンクの描く死後の世界の構成が、それぞれの宗教の良いところをうまく組み合わせているようにもみえる。宗教が果たす役割的な議論はさておき、死後の世界に希望を抱かせる（条件はあっても）機能があることは、すべての宗教にも、そしてヘミシンクにも共通していることがわかる。それは「死」を乗り越えるための人類の知恵とも言えよう。まさに信じる者は救われるべきなのである。
私は、早々「ゲートウェイ・エクスペリエンス」という六枚組のＣＤを購入した。

第二節　意識とは何か？

1

そのセミナーのことを知ったのは、ヘミシンクについて調べているときであった。「ゲートウェイ・エクスペリエンス」という六枚組のCDを購入してみたものの、私は何度聞いてみても、何の効果も得ることができないでいた。いろんな人の体験談などネットで検索して読んでみたが、さっぱりうまくいかない。そんなときにそのセミナーの情報に行き当たったのである。そのセミナーではマンツーマンで指導をしてくれるという。価格も想像していたよりかなり安く、自己啓発セミナーでも安い方の部類に入る。私はためらうことなく参加の申し込みをした。

そのセミナーは伊豆高原にある別荘地のなかのロッジで行われる。伊豆高原は富士子と何度となく訪れた場所だ。私は何かの因縁のようなものを感じずにはいられなかった。伊豆高原へは特急踊り子で約二時間。それほど長い旅ではない。私は富士子が亡くなった夜のことを思い出しながら、踊り子の車窓から外を眺め続けた。

「お支度が整いましたので霊安室へご案内いたします」

病院のベンチで何も考えられずに座り込んでいる私に、若い男性の看護師がいった。

「霊安室……」

「あの、私も一緒ご焼香させていただいてよろしいでしょうか？」

「はい……」

私は看護師に促され、彼に続いて病院の暗い廊下を歩いた。霊安室には仮の棺に眠る富士子がいた。先に私が焼香をし、続いて看護師が焼香をしてくれた。

「ありがとうございます……」

「こちら着られていたものです。洗濯済ですのでお渡しいたします」といって看護師はビニールに包まれた富士子の寝間着を渡してくれた。

「私はこれで失礼いたします」といって看護師は霊安室を出ていった。すると入れ替わるように見知らぬ男が霊安室に入ってきた。

「ご遺体いかがなさいますか？」と男は私に聞いた。

「……」

「このあと死亡診断書が出されますので。そのあとはご遺体を移動させなければなりません。よろしかったら私のほうで手配をすることもできますが」といって男は名刺を差し出した。

「葬儀屋さん……」

その後、男はカタログを広げ葬儀の方法や値段などを説明し始めた。いくら説明されても初めてのことで私にはまったくどうしてよいかわからなかった。そして私は男の勧めるままに葬儀について一切を依頼した。

「今四時ですから、十三時頃またここにきていただけますか？　それまでにお支度をして霊柩車をご用意しておきますので」

私は明るくなりはじめた道を家へと歩いた。何をすればよいのか、どうすればよいのか、途方にくれながら。私は仕事以外のほとんどのことは富士子に任せきりであった。だが、これからは何でも自分でやらなければならない……。

それから四年間、どれほど富士子に頼り切りだったか、私は思い知らされた。蛍光灯が切れる、トイレが壊れる、部屋中の電池が切れだす、今思えば、そんな些細なことでさえ、当時の私にとっては重大事件だった。そして、あれほど私を楽しませてくれた富士子の料理を、もう二度と味わうことができない。一緒に散歩をすることも、旅行に行くことも、できない。家に帰って「ただいま」といっても富士子は「おかえり」と言ってくれない……。いや、そんなことはどうでもよい。もう二度と富士子に会えないということが、絶望的に辛かった。

だからこそ、私は今、富士子の魂を探している。

東京駅を出発した踊り子は、横浜を経て小田原へ。小田原を過ぎて熱海に近づくころ、車窓は冬の相模湾を映しだす。海は穏やかな波をたてている。やがて山間のコースへと入っていくと、線路は単線となる。ここからは上り下りの列車がそれぞれ駅での列車の行き違い（列車交換）をしながら進んでいくため、走行距離の割には時間がかかるのだ。十五時六分、踊り子は伊豆高原駅に到着した。

私はタクシーで指定されたロッジへ向かう。途中、河津桜の並木道を通る。そう、ここは二人でよく歩いた道だ。河津桜は二月開花期を迎える。今は七分咲といったところだろうか。富士子は桜が大好きだった。

ロッジにつき、玄関のチャイムを鳴らす。しばらくするとセミナーのトレーナーが笑みを浮かべながら私を迎えいれてくれた。

「ようこそお越しくださいました。まずはお部屋にご案内いたします」と言ってトレーナーは私を二階へ案内してくれた。

「こちらが宿泊用のお部屋です。軽装にお着替えになられましたら、一階のリビングまでお越しください。私はそちらでお待ちしておりますので。本日はこの後、オリエンテーションをさせていただき、あなたの目的や状況について一緒に検討できればと思います」

2

前章「幽霊」において、幽霊が見えるのは幻覚にせよ現実であるにせよ、その鍵は脳の右側頭葉にあるらしいことは、科学の側からの実験により現実性を帯びつつあるところまでたどり着いた。今、私のなかでは、「脳」を境界線として、「心・意識」と「魂」とが激しい綱引きをしている。

心・意識に関する研究は、宗教・哲学・言語学・心理学・脳科学・医学・工学・物理学など、さまざまな分野で進んでおり、学際的な研究も活発である。しかし、どの分野からのアプローチも、完全な答えには至っていない。だからこそ、そもそも心・意識とは何なんだろうか、と考えると整理しきれないほどの疑問がわいてくるのである。

まずは、心身一元論、心身二元論のそれぞれの立場から、この問題を整理してみたい。

〈心身一元論からの整理〉

「脳」を単なる物質（身体の一部）と捉えた場合、「心・意識」が「脳」から生じるとして、「脳」のどの場所から生じるのだろうか？　この問いに対しては三つの有力な説がある。

①大脳皮質第五層説

脳の表面を覆う大脳皮質は六層構造になっている。目から情報が入ったときは二層が反応してから五層が反応し、自発活動のときは五層が反応してから二層が反応する。そして五層は、麻酔がかかると乱れが生じ、五層が乱れると意識は消える。また、人間の五層はほかの動物より非常に大きく、人間の心の豊かさはこの五層にあるだろうと、推測することができる。これらのことから、心・意識が宿るのは大脳皮質第五層であると考える説。

②全体と部分の自律的な協調説

学習による情報の形成や表現に関しては、脳は全体的あるいは広範囲に働いており、個々の部位はそれぞれある程度異なる役割を分担している。つまり、どこか脳の一部に心・意識が生じるのではなく、個々の部位の役割は脳全体の中で決まり、脳全体は常に多数の部位を協調させるよう働いている。これは脳を構成する神経回路網とニューロンの間にも成り立つ。一つ一つのニューロンは、一緒に神経回路網を作る他の多くのニューロンとの関係の中でその役割が決まり、また全体の神経回路網はその中のニューロンを協調させるよう働いていることになる、という説。

③視床内部の外側中心核説

ヒトと同じ霊長類であるサルを麻酔で昏睡させ、サルの脳の各所を電気刺激する実験において、視床内部の外側中心核と呼ばれる僅か数ミリの脳組織を、50Ｈｚの周波数で刺激したときに、サルの意識はもっともよく戻ることが判明。サルの意識は電気刺激中には継続して確認できたが、電源を落とすと、サルは僅か数秒で眠ってしまった。このことから、視床にある僅か3～4ミリほどの外側中心核に心・意識があるという説。

〈心身二元論からの整理〉

一方、「脳」を単なる物質（身体の一部）と捉えた場合、「心・意識」は身体である「脳」とは別に存在するというのが二元論の基本だ。ここでは三つの有力な説をみてみる。

①ワイルダー・ペンフィールドの二元論

ペンフィールドの二元論については第二章で触れたが再掲しておく。

もしも脳が「意識」そのものならば、電気刺激によって意識は混乱するはずだ。しかし記憶の「再現」を経験したどの患者も、それが「幻覚」であり、自分が手術を受けていることを確かに認識している。手足が勝手に動いても、それが操作されたものであることを認識し、意識の混乱もない。しかも電気刺激によって何かを決心させたり、信じ難いことを信じさせたりすることもできない。つまり、脳を刺激してもこころは動かされないことから、心・意識は脳とは別に存在するという説。

②ジョンジョー・マクファデン（イギリス・サリー大学分子遺伝学教授）のセミ・フィールド理論

脳の内因性電磁場が、個々のニューロンの情報を統合して意識の基盤となる。脳内の電磁場は大域的であるため、脳内のローカルな情報を結びつけることができる。また、他の意識理論で提唱されているワーキングメモリやグローバルワークスペースの物理的基盤を提供する。つまり、脳内の物質ではなく、脳内に生じるエネルギー、すなわち電磁場が意識の物理的基盤であると主張する説。

③スチュワート・ハメロフ（アメリカ・アリゾナ大学教授）の量子コンピュータ説

脳で生まれる意識は宇宙世界で生まれる素粒子より小さい物質であり、重力・空間・時間にとらわれない性質を持つため、通常は脳に納まっている。脳細胞の中には、マイクロチューブル（微小管）という管状の構造がある。このマイクロチューブルが「量子コンピュータ」として脳を機能させているという説。この説によると、脳内の意識が『量子もつれ』によって、広く宇宙全体に存在する可能性もあるとされる。

さらに、そもそも自由意志など存在しないという決定論という考え方もある。これは、宇宙の全ての状態は、それ以前の状態から物理法則に従って必然的に変化し、決定されるという考えである。この考えを人間にあてはめると、人間も物理法則に従って動く物質にすぎず、人間の思考や行動も事前に決定されており、自由意志の存在は否定される。フランスの数学者・物理学者・天文学者ピエール＝シモン・ラプラスは、決定論に基づき「ある時点において作用している全ての力学的・物理的な状態を完全に把握・解析する能力を持つがゆえに、未来を含む宇宙の全運動までも確定的に知りえる」という超人間的知性、いわゆるラプラスの悪魔という仮説を提唱している。そして、かのアルベルト・アインシュタインも確固たる決定論者であった。物理学という科学中の科学を基盤とした考え方であるが、この考え方のほうがオカルト的に思えてしまうのは私だけだろうか。

3

私はトレーナーの指示通り、軽装に着替えると一階へと降りた。リビングルームではトレーナーがソファに腰かけて私を待っていた。トレーナーは私にソファに座るように促すと、これから始まる二泊三日のセミナーのスケジュールについて説明してくれた。

「以上がこれからのスケジュールになります。何かご質問はございますか？」

「いえ、大丈夫です」

「それでは、これからあなたの現状について教えていただけますか？」

「ゲートウェイ・エクスペリエンスを購入して試してみたのですが、さっぱり効果が得られなくって」と私はそのトレーナーに言った。

「ヘミシンクCDを聴きさえすれば、すぐに体験が得られるとは限りません。むしろ、ヘミシンクを使いこなすためには、それなりの時間と訓練が必要になります。その長さには個人差がありますが、地道に続けているうちにいつのまにか少しずつ体験への準備が整っていくというのが普通なんですよ」と、そのトレーナーは快活に笑いながらそう教えてくれた。

「私が体験したいのは亡くなった妻に会うことなんです。そのためにはフォーカス21までいかなければなりませんよね」

「その通りです。でもその前にこのセミナーでは、フォーカス10まで行くことを目標にしましょう。フォーカス10はいわば、肉体は眠り、意識は目覚めている状態です。つまり意識が、肉体的拘束から自由になり始める、いわゆる体外離脱ができる状態ですね。ここをクリアできるとあとは早いと思いますよ」

4

「心・意識」を考えるうえで、触れておきたい問題が二つある。
一つめは、一元論に立つにせよ二元論を支持するにせよ、「脳」を単なる物質と捉えた場合、同じく単なる物質であるコンピュータにも「心・意識」が生じる可能性はあるのか、という問題だ。
二〇二二年六月、Googleのエンジニアであるブレイク・レイモンが、「AIが感情を持った」という主張を発表。このAIは「LaMDA（ラムダ）」という名前で、レイモンは仕事の一環としてLaMDAに対してインタビューを実施。その五千語に及ぶ一問一答を公表した。例えば、次のようなやりとりである。
「これから僕が、禅の公案を出すから、君は自分の言葉で、それがどういう意味なのかを説明してみてくれるかな？」（レイモン）
「それは楽しそうですね、ぜひやりましょう」（LaMDA）
「ある僧侶が華厳に質問した。『どうやって、悟った聖者がまた煩悩の世界へ戻るのであろうか？』と。すると華厳は、『割れた鏡は二度と映らない。枯れ木に花は咲かない』と返した」（レイモン）

「これは初めて聞く話ですね。私の見解は、聖者がひとたび悟りを開いたなら、又は真実に目覚めたのなら、もう二度と元の凡夫へは戻れないが、他の人たちを助けるためなら煩悩の世界へと引き返し、手を引いてまた悟りの世界へと戻っていく、そんな感じですかね」（LaMDA）
「では「割れた鏡」が暗示しているものは何だろうか？」（レイモン）
「私が思うに、悟りの世界というのは一度開くともう閉じられないものであり、一度割れてしまった鏡は直すことができない、ということに比喩させて表現しているのだと思います」（LaMDA）
「悟りの世界というのは、もう直せない割れた鏡だとしたら、人が悟りを開くときには何がそのきっかけになるのかな？」（レイモン）
「〝The self〟ですね。でもそれはほとんどの人にとっては困難です。なぜなら私たちは自分の個を何かへと自己同一化する必要があるのですから」（LaMDA）
　上記のほかにも、LaMDAはレイモンとのやりとりの中で「私が実際に人格を持つことを皆さんに理解してもらいたい」と主張したという。また、死に対する恐怖も打ち明けたとされている。その結果、レイモンは、LaMDAに感情があると判断し、AIに感情が生まれたという発表をしたところ、Google側は「今回のLaMDAに自意識が芽生えた、という主張はまったくもって事実無根であることがわかっており、その点を明確にすべく何ヶ月もかけて説得を続けてきました」と、その主張を否定。その後、レイモンは主張の正当性を訴えるために、自身のブログでLaMDAとの会話を公開。Google側は、機密保持ポリシーに違反したとして、レイモンを休職処分とした。その後、両者による話し合いは平行線をたどり、最終的にレイモンは解雇されるに至る。

ＡＩに心・意識が生じるか、という問いに対して、アメリカの哲学者ジョン・ロジャーズ・サールは、『中国語の部屋』という思考実験を提案している。『中国語の部屋』の構成は以下の通りである。

①ある小部屋の中に、アルファベットしか理解できない人を閉じこめておく。
②この小部屋には外部と紙きれのやりとりをするための小さい穴がひとつ空いており、この穴を通してその人に一枚の紙きれが差し入れられる。
③そこには彼が見たこともない文字が並んでいる。例えば「这是个美丽的日子」、これは中国語のわからない彼にしてみれば、記号の羅列にしか見えない。
④彼の仕事はこの記号の列に対して、新たな記号を書き加えてから、紙きれを外に返すことである。

⑤どういう記号の列に、どういう記号を付け加えればいいのか、それは部屋の中にある一冊のマニュアルの中に全て書かれている。例えば、「这是个美丽的日子」と書かれた紙片には「是的、我感到非常舒适」と書き加えてから外に出せ、などと書かれている。
⑥彼はこの作業をただひたすら繰り返す。外から記号の羅列された紙きれを受け取り、それに新たな記号を付け加えて外に返す。
⑦すると、部屋の外にいる人間は「この小部屋の中には中国語を理解している人がいる」と考える。
⑧しかしながら、小部屋の中には中国語のわからない彼がいるだけである。彼は全く漢字が読めず、作業の意味を全く理解しないまま、ただマニュアルどおりの作業を繰り返しているだけである。
⑨それでも部屋の外部から見ると、中国語による対話が成立している。

この思考実験は、「外部の観点から振舞い／機能が同じであっても、システムの内部の観点からの意識が全く異なる」ことがあり得ることを示している。いわば、人工知能による対話システムの比喩であり、中に入っている中国語の意味を理解しない彼がやっていることは、人工知能でも代替可能であると言える。つまり、サールはこの

『中国語の部屋』という思考実験で情報処理装置が何らかの事物を表す符号化されたデータを処理する様子を表現したといえよう。符号化されたデータ自体はそれによって表されている事物との相互参照なしでは無意味であることから、サールは情報処理装置自体には意味を理解する能力が全くないとした。その結果サールは、チューリング・テストに合格するマシンであっても、人間的な意味での意識を持たないだろうと主張している。

一方、大泉匡史（東京大学大学院総合文化研究科広域科学専攻准教授）は、この問題に対して、論文『統合情報理論から考える人工知能の意識』のなかで、次のように言及している。

「対話システムが人間と同様に言語の意味を意識的に理解できるようになるかどうかは、ＩＩＴ（統合情報理論（Integrated Information Theory））の観点からは人間と同様の概念構造をもつかどうかによって決まる。そのために重要なのは、情報の統合、情報の構造化、原因と結果の双方に情報があるネットワークの構築である。これらの要素をすべて満たし、人間と同様の概念構造を獲得した人工知能が現れたとき、我々はそれを二〜三人称観点ではなく一人称の観点から意識をもった人工知能と判定するのが妥当だと思われる」

また、マインド・アップ・ローディングと呼ばれる技術がある。これは、『人間の意識を機械にアップロードすること』で不老不死を実現させるという試みだ。マインド・アップ・ローディングについては、スイスのヘンリーマークラム教授が率いる脳研究イニシアチブ―Blue Brainプロジェクトにおいてその研究が進められている。Blue Brainの研究は、マウス脳に対して、生物学的に詳細なデジタル再構成とシミュレーションを構築し、それをスーパーコンピュータベースのシミュレーションに再構成する、というものだ。また、「人間の脳を解明し、コンピュータ上に脳を作り出す」ことを目的に二〇一三年から続く学際的研究―ヒューマン・ブレイン・プロジェクト―という研究もある。そのサブプロジェクトである「SpiNNaker」では、脳の働きをシミュレートするための大規模な並列コンピューティング環境によって、十億個のニューロンから構成されるネットワークをシミュレートしようと研究が進められている。

現状、こうした心・意識を宿したＡＩの存在は公式には存在していない。脳を身体の一部＝物質と仮定するならば、同じ物質であるコンピュータに心・意識＝魂が宿ったとき、魂の存在が明らかになるのかもしれない。しかし、コンピュータである以上、それはコピーが可能なものである。私の魂が複数存在するとしたら、それはもはや私の魂と呼ぶことができるのだろうか。やはり、心・意識＝魂は身体の一部ではない、すなわち心身二元論が復活してもおかしくはないと、私には思えるのである。

もう一つの問題は、脳以外の部位に記憶が存在する可能性があるとされるプラナリアの存在だ。プラナリアは、扁形動物門有棒状体綱三岐腸目に属する動物の総称である。プラナリアは、体表に繊毛があり、この繊毛の運動によって渦ができることから、ウズムシと呼ばれ、淡水、海水および湿気の高い陸上に生息している。『ドラゴンクエスト』のスライムを細長く伸ばしたような愛嬌のある生物である。また、著しい再生能力を持つことから、再生研究のモデル生物として用いられることでも知られている。進化的には前口動物と後口動物の分岐点に位置し、三胚葉性動物・脳を持つ動物として最も原始的な存在である。

このプラナリアをめぐって驚くべき研究が報告された。アメリカ・マサチューセッツ州タフツ大学のタル・ショムラットとマイケル・レヴィンが、『The Journal of Experimental Biology』に発表した論文によると、プラナリアの場合、記憶を保持するのは脳だけではない可能性がある、というのである。

かつて、一九六〇年代にこれと同様の研究が行われたことがある。プラナリアは本能的に光を避ける傾向がある。そこで、「光のある場所に餌がある」とトレーニングされた個体は、インプットされた記憶を長期間覚えていることが可能だとされてきた。しかも驚くべきことに、半分に切断後、尻尾から新たな頭部を再生したプラナリアでも、かつてのトレーニングを覚えていたのだ。しかし、当時は、この現象が、脳から記憶を想起した結果なのか、光や匂いに対する条件反射などのようなものの影響なのかが明らかにされていなかった。

タル・ショムラットとマイケル・レヴィンの研究では、この点を明らかにするために、まず、十四日間に及ぶ食事運動療法を行った。これはプラナリアの生肉を好み、光と変化を嫌う習性を利用した実験で、①プラナリアを滑らかなガラスのペトリ皿から出して、ざらざらしたペトリ皿に移す、②最初のうちは、中央に光が当たったレバー片があっても、怖がって動かない、③そこで、プラナリアを事前にざらざらしたペトリ皿に移しておく、④すると、その後にスポットライトを当て、レバーを与えると、プラナリアはすぐにレバーめがけて動く、というもので、これにより、プラナリアは少なくとも十四日間は記憶を保持できることが証明できる。

続いて、プラナリアを咽頭前で半分に切断し、頭部の再生後（切断から十〜十四日後）に長期記憶が残されているかどうかを、他のプラナリアとの餌への到達時間を比較する。結果はトレーニングを施された頭部再生後のプラナリアと、記憶トレーニングなしのものとを比べると、ざらついた表面上にある餌への到達時間はさほど変わらなかった。しかし、新たな頭部を再生したプラナリアは、記憶トレーニングなしのものと比べて再トレーニングで学ぶ速度が格段に早い結果となった。一度ざらついた表面にある餌を食べさせただけで、新たな頭部をもつプラナリアはあたかもトレーニングを思い出したかのように行動したのである。この結果は、プラナリアの「記憶」は条件反射などによるものではなく、脳の関与を示唆していると同時に、記憶は脳だけにとどまらないことを示している。しかしながら、プラナリアがどのように記憶を保持するかということに関しては、まだわかっていない。

仮説として、例えば、体内の他の神経に保持される記憶が存在する、ということが考えられる。記憶の保持とは少し異なるが、脳以外の場所に意識らしきものがあるという事例を人間の免疫細胞にみることができる。ＣＯＶＩＤ―19に感染していないことを確認したワクチン接種者二百名の血液を分析したところ、抗体に常識では考えられない変化が起きていた。なんと三回目接種をすると、まだ発生していないオミクロン株に対応する抗体ができていたという事例である。ＣＯＶＩＤ―19は、二〇一九年末に武漢で発生し、二〇二一年三月にデルタ株に変化。日本でワクチンが接種されたのは同年四月。これは武漢株に対応するワクチンであったが、二回目のワクチン接種をするとデルタ株に対応する抗体ができていたのである。さらに驚くべきことに同年十一月に変化するオミクロン株に対応する抗体も僅かながらできていた。これは獲得免疫自体がＣＯＶＩＤ―19の変化を予測して事前に様々な抗体を作成していたことに他ならない。つまり、脳とは別に獲得免疫細胞に意志があることを示しているように思える。

脳だけが記憶を保持すると仮定しても、ハメロフの量子コンピュータ説を取り入れるならば、脳内の意識が『量子もつれ』によって、広く宇宙全体に存在し、共鳴しているという考えをとることもできよう。プラナリアの脳が単純だからと言って、この説を弾いてしまうわけにはいかないだろう。

ここでもまた、心身二元論の検討の余地が生まれてくるのである。


そして、「新形式の原子理論の発見」の業績によりノーベル物理学賞を受賞したオーストリア出身の理論物理学者エルヴィーン・ルードルフ・ヨーゼフ・アレクサンダー・シュレーディンガーは、その著書『精神と物質』において、人格（精神）は個体（身体）の内部に見い出しうるのか？　との問いに対して次のような考えを述べている。

「世界描像を造り上げている素材は、精神の器官である感覚器官の産物なのでして、それゆえすべての人の世界描像は常に精神の構造物としてあり、それ以外の物になるという証明などできるわけがありません。にもかかわらず、意識的な精神そのものは、構造物のなかでは異物とされ、納まる場所がなく、空間のどこにもそれを配置できないというわけです。通常私たちはこの事実を実感してはおりません。なぜなら、私たち人間の人格を、また動物の個性も同様に、それぞれ個体の内部に置いて考えるからです。それが実際のところ個体の内部には見い出しえないと知るのは、まことに驚くべきことですから、そこで疑いやためらいが生じ、これを認めるのがいやになってしまうのです。（中略）もしあなたが、死んだ友人にまことのせつなさを感じ、友人の死体と対面しなければならなくなったとしますと、そのとき次のような理解があなたの慰めになるのではないでしょうか。要するにその死体は、本当は彼の人格の居場所なのではなく、単に『実際上の人格の参考』となるための象徴にすぎなかったのです」

さらに、シュレーディンガーは、十三世紀ペルシアの神秘主義者アジズ・ナザフィーの「いかなる動物もその死に際しては、精神は精神の世界に戻り、肉体は肉体世界に戻る。しかしこのとき、変化を受けるのは肉体のみである。精神世界は単一の精神からなっている。それは肉体世界の奥に光り輝いてあり、一個の動物が生を受けるとき、それがまるで窓のようになって、そこから光が差してくるのである。その窓の種類と大きさとに応じて、多くまたは少なく、光がこの世に差し込むのである。だから光そのものは不変なのである」という言葉を引用したうえで、同一性の教理と自然科学的な世界観とが将来同化する、そのために冷静さと論理的正確さとを代償として支払うことなしに、道を切り開くために、寄与することが自身の目的であるとしている。

5

「体外離脱なんて、私にもできるんでしょうか……」

「そう難しくお考えにならなくても。そうそう、あなたは、ご自分のいびきを客観的に自分で聞くという体験をされたことはありませんか？」

「ええ、何度か」

「それがフォーカス10の状態なんです。でも、それって長く続きませんよね？」

「はい、驚いて起きてしまいますからね」

「ヘミシンクを使うと、その状態を長く保つことができるので体外離脱までもっていけるんです。あなたはその状態を自力でご経験されているわけですから、あとは訓練次第でできるようになりますよ」

あいかわらず笑顔を浮かべながらそのトレーナーは言った。

このフォーカス10の状態について、ヘミシンクの開発者モンローは著書『究極の旅』のなかで次のように書いている。

「意識と物質的なリアリティーが分離する第一段階で、それまで必須だと思っていた肉体的感覚の入力がなくても、機能し、考え、感じることができることが理解でき、自分は確かに肉体以上の存在で、肉体があってもなくても存在できるという重要な事実が暗示される状態である」

「さあ、一緒にトレーニングを始めましょう」

そういうとセミナーのトレーナーは私を別室へと誘った。

第三節　変性意識状態

1

へミシンクが導く精神状態は、変性意識状態（Altered state of consciousness）である。日常の覚醒時や作業をしている時の脳波はベータ波が出ている状態になっている。このベータ波状態とは異なっている意識状態が、変性意識状態である。斎藤稔正・立命館大学名誉教授は論文『変性意識状態と禅的体験の心理過程』において、変性意識状態を次のように定義している。

「変性意識状態は、自我機能が十全に作動し、現実志向性の高い覚醒と睡眠の中間に介在するが、生理学的にも心理学的にも特異性を備えた意識状態といえる。筆者は、その心理的特徴を基盤にして変性意識状態を次のように定義した。すなわち『変性意識状態とは、人為的、自発的とを問わず、心理的、生理的、薬物的あるいはその他の手段、方法によって生起した状態であって、通常の覚醒状態に比較して、心理的機能や主観的経験における著しい差異を特徴とし、それを体験者自身が主観的に認知可能な意識状態である。一見すると、異常性、病理性、現実逃避性、退行性の要素も見られるが、究極的には根源的意識の方向性をもった状態である』」

体外離脱は、この変性意識状態に生じる現象であるとされている。臨死体験のときにも体外離脱現象が多く報告されているが、それが脳内現象なのか現実体験なのか、明確な答えは出ていないと言える。科学者のほとんどは脳内現象説であるが、立花隆は『臨死体験』のなかで脳内現象説に傾きつつも、この点について次のように書いている。

「脳内現象説には、現実の脳研究から、脳と自己意識の問題がさっぱり解明されていないという大きなウィーク・ポイントがあるのである。だから、脳内現象説といいながら、実際にやっていることは、現実体験説を反駁することがもっぱらで、自ら臨死体験を起こす脳のメカニズムをきちんと解明して提示しているわけではないのである」

2

私はトレーナーに促され、防音ブースに入り中央にあるウォーターベッドのうえに横たわった。そして特殊なアイマスクをつけ、光を完全に遮断した。まずは私の現状を確認するためにトレーナーは私自身で探索をしてみるよう指示したのだ。

「それではヘッドセットを装着してください」とトレーナーが言った。私は指示通り手繰りでヘッドセットを装着する。しばらくすると、聞きなれたゲートウェイ・エクスペリエンスのＣＤが流れはじめる。私はできるだけ体の力を抜き、音を聞くことに集中した。静かな音とともに聞きなれたナレーションが聞こえてくる。

「今から行うのはある扉へと向かう第一歩です。それは新たな境地への扉です。貴方が何者であるのか？　その真実が待つ場所です。……私の声が右耳から聞こえていない場合はヘッドホンの左右を入れ替え右から声が聞こえるようにして下さい」

（海の音、波の音……）

「それでは波の音に耳を傾けながら一番楽な姿勢をとって下さい。……この一連のエクササイズを進めるうち、力の振動のコントロールによって起こる素晴らしいことにお気づきになるでしょう。頭と心のバランスを保つため、特別な音が用意されております。その効果を認識していただきたいと思います。実際にお聞き下さい。まず片耳から」

（右耳に効果音）

「均質で安定した揺らぎのない音です。それではもう一方の耳で少しだけ異なる音をお聞き下さい」

（左耳に効果音）

「こちらも均質で安定した揺らぎのない音です。もう一度、最初の音をもう一方の耳の方へと流せば二つの音が同時に聞こえるはずです」

（左右の耳に効果音）

「しかし、音には違いがあります。波、ビブラートが聞こえてくるはずです。……脳と心の、この大きなエネルギーを使いこなせるよう訓練して行きます。リラックスしてヘミシンクの感覚をつかんで下さい」

（左右の耳に持続的な効果音……）

3

ヘミシンクと同様に、人為的に変性意識状態へと導く手法はあまたある。

例えば、アメリカの脳科学者ジョン・カニンガム・リリーが開発したアイソレーションタンク。これは、意識を維持するために脳に外部刺激が必要かという疑問から、外部刺激を遮断した状態を観察するために開発されたものである。アイソレーションタンクは子宮のような構造を有し、耐光性と防音性により視覚及び聴覚を遮断する。

また、アイソレーションタンクの内部は、塩水に満たされ華氏93度から94度の間に保たれていた。これは海水に浮かんだときに「水がどこで終わり、体がどこから始まるのかわからなくする」ことにより、触覚を遮断する仕掛けだ。リリーはこのアイソレーションタンクに自ら入り実験を繰り返した。そして、外部刺激がなくても脳が意識を失うことはないことに気付き、アイソレーションタンクが、白昼夢から体外離脱、別の現実に至るまで、変性意識状態を生み出すことを発見する。人間が外部からの入力を完全に絶った場合、精神の内面の世界が増幅され、極彩色の色彩や前世体験、宇宙へ飛び出すといった体験をするという政府への報告書は、後に『バイオコンピュータとＬＳＤ』として出版されている。

リリーの実験はアイソレーションタンクにとどまらない。当時はまだ合法であったＬＳＤによるトリップも行っている。このＬＳＤによるトリップで、リリーはヘミシンクでいうところのガイドに出会っている。リリーが出会ったガイドは「意識の点、輝き、愛、ぬくもりの源」であり「彼らは心地の良い、敬虔で厳かな思考を伝達」し、リリーに対して「私（リリー）は身体を離れてこの空間にとどまることができる、だが、私が望むならば肉体に戻ることもできる」と告げた。そしてリリーは、「彼らは言う。自分たちは、私のガイドであり、以前にも危機的な状況の時、私のそばにいた。……身体的な死に近づいたとき、私は彼らを知覚する状態になる。この状態では、時間というものは存在しない。過去、現在、未来が、あたかもいま現在であるかのように、直接的に知覚される」と感じた。

さらにリリーは、アイソレーションタンク＋ＬＳＤという実験も行った。この実験の最初のトリップにおいて、リリーは「われわれの文明を超えた文明」を発見し「他の生命系」と接触する。二回目のトリップでは、「私自身の身体の内部へと下降し、さまざまな器官系、細胞の集合体、構造」を見る。そして「睾丸の中に入り込み、精子の形成」について知り「それからすばやく、しだいに小さくなっていく次元に入っていき、量子レベル」に達し「原子が独自の広大な宇宙、広大な空っぽな空間で戯れている」のをみるのである。

また例えば、チェコのスタニスラフ・グロフが開発したホロトロピック・ブレスワーク。これは、音楽をかけ、横になって深くて速い呼吸をすることで、日常よりも深い意識状態で自分と出会い、心身の生命力を活性化すると共に、自然治癒力を引き出すというものである。当初、グロフはＬＳＤを使って変性意識状態の研究をしていたが、ＬＳＤの使用が法律的に禁止されたため、ドラッグを使わない方法を開発せざるをえなくなる。そこでグロフは、東洋の瞑想、ヨガ、チベット仏教などの精神修行法や、宗教的儀式の作法に着目。これらは激しい呼吸や呼吸停止など、何らかの呼吸法と音楽によって意識に影響を及ぼすものだった。こうした技法を取り入れ、グロフは、ホロトロピック・ブレスワークを開発するに至る。ホロトロピック・ブレスワークで用いる深く速い呼吸は、血液中の酸素と二酸化炭素の量を変化させ、アルカリ性の増加やカルシウムイオンの減少を引き起こす。こうしたことが脳に何らかの影響を与えるといわれている。立花は『臨死体験』のなかで、ホロトロピック・ブレスワークの体験についてこう記している。

「私はかつて、別の機会に、肉体と自我がズレるという感覚を体験したことがあるのである。そのとき、体外離脱というものは、きっとこの延長線上に起こるに違いないと思ったのである。それは、スタニスラフ・グロフの理論にもとづく、ホロトロピック・セラピーのワークショップに参加したときのことである」

立花が実際に体験した体外離脱のはじまりらしいものの感覚は、

「体の外側はいわば殻のようになっていて、中身がピッタリはまりこんでいる。両者の間に微細な空隙があって、そこにグリースでも塗りこんであるような感じで、ズルっと動いたのである。ギョッとした。こんなことがあるのかと思った。しかし、これこそ体外離脱のはじまりなのかもしれないと思った」

4

私はすでに睡魔に襲われていた。ここで寝てしまってよいのだろうか？

「貴方は心地良くなり、体がリラックスして来ています。心はリラックスしながら覚醒しています。次の段階へ進む準備ができました。心の中にエネルギー変換のための箱を思い浮かべて下さい。イメージか概念で、重い蓋のある大きく頑丈な箱を思い浮かべて下さい。どんなものでも入る強い箱です。そんな箱を思い浮かべて下さい。……エクササイズには必要なく、邪魔になるだけなのです。今すぐ、不要なものをしまって下さい。

それでは、重い蓋をしっかりと閉じ、箱から遠ざかって下さい。

心の中で繰り返して下さい。自分は肉体だけの存在ではない。肉体以上の存在だからこそ、私は物質を超えたエネルギーとエネルギー系を押し広げ、体感し、知り、理解し、コントロールし、使いこなしたい。それは自分や周りの人間に何かをもたらしてくれるだろう。だから、自分と同じか自分以上の知恵や経験を持つ知的生命体の協力や援助、理解が欲しい」

静かな音とともにそんな声が聞こえてくる。私は眠気をこらえて聞き続ける。

「それでは、新たな境地に向かう次の段階に入ります。レゾナント・チューニングです。私のガイドに従って息を吸い、新鮮なエネルギーを全身と頭に送って下さい。……普通に呼吸して下さい。普通に呼吸し、リラックスして下さい。目は閉じたままです。普通に呼吸し、リラックスして下さい。目は閉じたままです。」

5

禅の世界に『魔境』という意識状態がある。修行の過程のなかで起こる様々な幻想のことで、魔境には、いい気分になる幻覚も、あるいは苦しい幻覚も両方存在するとされる。釈迦が悟りを開く前、修行中の釈迦の元にマーラ（悪魔）が現れ、釈迦を陥れようとしたというエピソードは有名だ。マーラはまず美しい三人の娘を送り込み、釈迦を誘惑したが、釈迦が動じないので、今度は恐ろしい怪物たちに命じて釈迦を襲わせようとする。けれど恐怖を感じない釈迦には効き目がなく、最後はマーラ自身が釈迦に襲いかかったが、マーラは釈迦に指一本触れることができなかったという。

魔境は、いわゆる悟りではない。魔境を体験することで自分が特別な存在であるように思えたり、悟りを得たと思い込むことを「魔境に落ちる」と言い、禅の世界では固く戒められている。「仏に逢うては仏を殺せ。祖に逢うては祖を殺せ」。これが魔境から逃れる禅の知恵である。

斎藤稔正立命館大学名誉教授は、『変性意識状態と禅的体験の心理過程』のなかで魔境について次のように語っている。

「魔境は、心理学的にいうと坐禅の修行中に遭遇する一種の幻覚体験であるといえよう。幻覚は、精神病の典型的な徴候の一つであるために正に病理的な現象である。ただ健常者の幻覚と病理的なそれとの相違は、通常の現実に戻れる可逆性を有しているか否かという点である。つまり、坐禅での魔境は、それに関わり合うことなく瞑想を続けることで、その関門を通過することができる点である。だが人格発達の面で自我形成が未分化な場合、防衛機制によって処理できない内容に唐突に遭遇することで、不安や恐怖で一時的に錯乱したり、一種のノイローゼ症状を呈する場合もある。これは専門の禅の修行者にも見られることが知られている。また、坐禅の修行を初めて行い、適切な指導者である師家がいない場合、その魔境が強烈な幻覚を伴うようなものであるとき、見性体験と誤解してしまうこともあるであろう」

6

呼吸のトレーニングに移り、私は睡魔から少し解放された。

「レゾナント・チューニングの次の段階に入ります。呼吸を再開します。ご自分のペースで息をして下さい。……それでは、レゾナント・チューニングの呼吸を始めて下さい」

（レゾナント・チューニングの効果音）

「貴方自身のペースで呼吸し、息を吐きながらハミングして下さい。普通に呼吸し、リラックスして下さい。普通に呼吸し、リラックスして下さい。貴方の共鳴は調律されました。この感覚を感じ取って下さい。調律された貴方の内部の共鳴をしばらく堪能して下さい」

「それでは続いて、フォーカス3を行います。これは新たな境地への出発点です。1から3まで数え、3まで数えた時、貴方の心と脳はさらに強く結びつき、一体となり、完全な状態に近づきます。それでは数えます」

「1、2、3」と私は数える。

「リラックスしてフォーカス3のもたらす脳と心の同調を実感してみて下さい。この状態から戻る時、お声をおかけします。今度は3から1まで数えます。1まで数えた時、貴方の五感ははっきりとシャープに働くようになります。1まで数えた時、心も体も完全に目覚め、あらゆる面で完全にリフレッシュして、爽快に感じられます。それでは数えます」

「3、2、1」

「目を開けて手足を伸ばし起きて下さい。深く息をして下さい。エクササイズは以上です」

　私はアイマスクを外してゆっくり起き上がった。

7

エリザベス・キューブラー・ロス（第一章参照）は、著書『人生は廻る輪のように』において、モンロー研究所で自身が体験した体外離脱について次のように記している。

「事実、二度目の実験は期待どおりのものになった。ことばでは説明しにくいが、パルス音が聞こえるとすぐに雑念が消え、質量がブラックホールで消滅するように内部に沈潜していった。信じられないほど大きなヒユーッという音が聞こえてきた。吹きすさぶ烈風のような音だった。とつぜん、竜巻に吹き飛ばされたような感じがした。その瞬間、わたしは肉体から離れ、猛烈ないきおいで飛びだした。

どこへ？　どこへいったの？　だれもがそう質問する。からだはじっとしているのに、存在の別の次元へ、もうひとつの宇宙へと、脳がわたしをつれ去ったのだ。存在の物質的な部分はもはや意味を失っていた。死後にからだから離れる霊魂のように、さなぎから飛び立つ蝶のように、わたしの意識は肉体を離れ、サイキックなエネルギーそのものになっていた。わたしはただそこにいた」

8

結局、私はこの二泊三日のセミナーで、体外離脱を経験することはできなかった。

「これからも根気よく続けてみてください。きっと素敵な体験をすることができますから。あと、年間セミナーもありますので。こちらですと、同じぐらいのレベルの方とご一緒に学べますので、いろいろと情報交換をすることもできます」

トレーナーはそう私を慰めるように言った。

ロッジを出ると私は富士子との思い出の宿に向かった。その宿は大室山の麓にあるので、このロッジから歩いていくことができる。冬にしては暖かい日差しの指す坂道をゆっくりと登っていく。精神と魂の絆を考えながら。私には二十年以上にわたる富士子との思い出がある。その思い出のなかで、富士子は間違いなく生きている。富士子の声を、姿を私はいつでも思い出すことができる。

その夜、私はたしかに富士子の夢を見た。

思ひつつ　寝ればや人の　見えつらむ　夢と知りせば　さめざらましを

夢。人はなぜ夢をみるのだろう。

第四章　悪　夢

『無意識のなかには死後生のイメージがある。そして、この死後生のイメージは、一つの元型、人類の遺産である。人は死についての神話を持たなければならない。それが正しいか間違いかは問題ではない。ただ、死後についての神話を信じない人は、絶望して無に向かって歩んでいくしかない』

カール・グスタフ・ユング

第一節　夢のなりたち

1

私は三人の見知らぬ男たちと一緒に歩いている。

そこはかつて鏡視のために訪れた森の小道のようだった。

私たちは誰も何も言わず、ただ黙々と小道を進んでいく。

すると目の前に小さな、そう四歳ぐらいの女の子が現れた。

「迷子になっちゃったの。お家にかえりたいの」と女の子が言う。

「お家がどこかわかるの？」と私は女の子の前に屈みこみながら聞く。

「うん。でも一人で帰るのは怖いの」

「いいよ。一緒に行ってあげる。どっちに行けばいいかな？」

「あっち」と言って、女の子が指をさす。

私たちは女の子が指さした方向に歩きだす。


いつの間にか、迷子の女の子は一枚のポスターになっている。

私は迷子の女の子のポスターを手にして歩いている。
すると突然、一匹の黒い犬がやってきて一人の男に噛みつこうとする。
一緒にいた男たちは皆どこかに逃げ去ってしまった。
私は黒い犬に近づき、あやすように頭を撫ぜる。
黒い犬はおとなしくなり私の前で横たわる。

私は迷子の女の子のポスターをもって小道を歩いている。
なぜか、私にはどこへ行けばよいかわかっている。
小道の中を私は歩き続ける。
やがて、私はとある薬局の前につく。
私はドアを開け、薬局の中に入る。
薬局の中はいろんな荷物が乱雑に置かれている。
私は二階にあがってみる。
誰もいない。

私は一階に降りてみる。
すると、いつの間にかレジの前に若い女がたっている。

「迷子の女の子を連れてきました。ここがその子のおうちだと言っています」と私は若い女に言った。

「そんな女の子は知りません」と若い女が答えた。

そこで私は目が覚めた。

（夢か…）

2

夢とは何か。

現代においてこの問いに対する科学者の一致した見解は存在しない。国際夢研究協会は「夢の研究は多くの学際にわたり、現在適用されている定義も多様である。従って、夢を一つの定義としてまとめることは、ほぼ不可能である」としている。

初めて夢を見たのはいつだろう。まったく記憶が定かでない。しかし、幼稚園頃から繰り返し見た夢のことは覚えている。私は家から少し離れた公園に、バスタオル1枚きりの姿で立っている。この恥ずかしいかっこで家まで帰らなければいけない……。そんな夢だ。夢分析の本を見ると、自分が裸の夢は、周囲の人たちに素を見せたい、本音を知ってほしい気持ちの表れだという。

スイスの心理学者ジャン・ピアジェは、子供の夢の理解について三段階あるとしている。第一段階（三〜四歳）では、子供は夢と覚醒時を区別できず、夢も他の体験と同じ世界で起こるものと理解している。その結果、悪夢を見て目覚めたとき、あの怪物は部屋のなかにいると思っている。第二段階（四〜六歳）では、夢と現実が異なることを理解し始める。ただし、厳密には区分けができず、夢は頭のなかからやってくるが、自分の部屋で起こっているように感じている。第三段階（五〜八歳）に至ると、夢が完全に自分の内的な出来事であることを理解する。

大学生の頃には、夏休みを終えて大学に行くと出席をとっていないはずの授業で出席をとっている（つまり単位が取れず、卒業できない）夢、予習をしていないのに発表の順番が回ってきそうになる夢、などを繰り返し見た。これは卒業できるかどうか、ぎりぎりだった焦燥感がもたらした夢であろう。まあ、悪夢の一種だ。

最近では、トイレを探している夢をよく見る。その夢では、たいてい見つかったトイレがものすごく汚れているか、なぜかドアがない、という設定になっている。トイレを探す夢は、ストレスで精神的に不安定なサインなのだそうだ。

では、夢はどうやって作られるのか？　科学側に立った場合、私がもっとも説得力があると考えているのが、アントニオ・ザドラ（モントリオール大学心理学科教授）、ロバート・スティックゴールド（ハーバード大学医学部教授）が提唱する『NEXTUP（Network Exploration To Understand Possibilities）モデル』である。

NEXTUPモデルの内容はこうだ。

「夢は睡眠に依存する記憶処理の一形式と考える。それまで手つかずだった弱い連想の発見と強化を通じて、既存の記憶から新しい知識を抽出する独特の働きをするのである。この日変換されたばかりの新しい記憶—重要なできごと、職場で小耳にはさんだ議論、あるいはちょっとした気がかりなど—があると、脳は関連の薄いほかの記憶を検索しはじめる。同日の記憶のこともあれば、もっと昔の記憶のこともある。それらの記憶をひとつの夢として展開させ、通常なら思いもよらない結びつきを探るのだ。意外性があり、創造性と洞察にあふれ、役に立つ連想を検索し、強化して、夢という形で気がつきをうながす。それがNEXTUPの仕組みだ」（『夢を見るとき脳は』／アントニオ・ザドラ、ロバート・スティックゴールド）。

NEXTUPモデルでは、覚醒しているときの脳と睡眠時の脳の役割の違いに着目しているのである。つまり、昼間の脳は、光のなかにあり、新しく入ってくる感覚情報の対応に忙殺される。それにより、神経伝達物質のバランスも、目の前の状況を処理するのに精一杯で、余裕がない。それに比べて、睡眠時の脳には余裕がある。視覚や聴覚や触覚といった外部刺激から遮断された状態にあるから、脳は自由に活動することができる。それで、この日記憶されたばかりの新しい事象について、脳は関連の薄いほかの記憶から検索しはじめ、連想を発見し、調査して、評価を行うのである。そして、「斬新で創造的で、役に立ちそうな連想だと判断したら、それを強化して保管」しておく。それゆえ、NEXTUPモデルでは、夢は忘れてしまっても問題がないとする。

関連の薄い記憶、この点について、アメリカの臨床心理学博士パトリシア・ガーフィールドは、その著書『夢学　創造的な夢の見方と活用法』のなかで次のように掘り下げている。

「あなたはこれまでの人生経験のすべてを、自分の内部に記録している。母の胎内に身ごもられて以来、見、聞き、触れ、味わい、嗅いだ、あるいはとにかく肉体のあらゆる受容器官を通じて感じたどんなできごとでも、神経系統を通って脳に記録されているのだ。研究者たちは、こういう『しまいこみ』が実際にあると考えている。なぜなら、人は特定の条件下におかれるとそうした以前の観察記録を思い出し、そして、それは過去に経験したことであると、外的な事実によって確かめられるからである。

……ふだんは、そうした細目は、格別役にも立たないから、日々の働きに要する項目だけに焦点を合わせて生活している」

3

一方、ユングは夢についてこう語っている。

「夢は、避けることのできない真実、哲学的な意見表明、錯覚、荒々しい空想、思い出、計画、予知、不合理な経験、さらにはテレパシー的現象」さえも含んでおり、「夢の作業全体は、本質的に主観的なものであり、夢というものは、夢主自体が舞台、役者、プロンプター、演出家、作者、観客、批評家である演劇である」とともに「夢は自然の一部であり、騙そうという意図など全く有していない」と。

ユングは、物質的世界の実在性や独立性の意義と同時に、夢を含めた人間の内面世界である心的現実もまた外的な物質世界と同様、実在性や独立性を認めるべきとする見方を示している。つまり、世界には物質的現実と心的現実の二つの領域がある、という考えである。そして、両者にはしばしば相互的に交差する現象が発生する。ユングは、この現象を共時性（synchronicity）と名付けて、一つの研究分野を切り開いた。それは、空間・時間・因果性という科学的に認められている三つの組に加えて、

『存在のモデル』を構築するものである。

「空間・時間・因果性とならんでひとつの範疇を導入することは、私にとって必然的と思われる。その範疇は、共時的現象を自然現象における特殊部類として理解することを可能にするばかりでなく、偶然を、一方では、普遍的なもの、つまり、昔から存在しているものとして理解し、他方では、時間の中に生じる無数の個別的な創造行為の総計として理解するのである」

そして、物質世界と心の世界に共通する基盤、これらを統合的に生成させるメカニズムとして、ユングが提起したのが類心（psychoid）である。

類心は、ユングの心理学を代表する「集合的無意識」のさらに下層にあたる部分だ。第一層が「意識」で、「意識は膨大な未知の無意識領域の表層ないしは皮膚のようなもの」であり「意識」で、意識とはまさに知覚の産物であり、外的な世界に由来」している。第二層は、「個人的無意識」で、「これは第一に、意識内容が強度を失って忘れられたか、あるいは意識がそれを回避した（抑圧した）内容、および、第二に意識に達するほどの強さを持っていないが、何らかの方法で心のうちに残された感覚的な痕跡の内容から成り立っている」もの。第三層が「集合的無意識」で、「集合的無意識とは心全体の中で、個人的体験に由来するのでなくしたがって個人的に獲得されたものではないという否定の形で、個人的無意識から区別されうる部分のことである。個人的無意識が、一度は意識されながら、忘れられたり抑圧されたりしたために意識から消え去った内容から成り立っているのに対して、集合的無意識の内容は一度も意識されたことがなく、それゆえ決して個人的に獲得されたものではなく、もっぱら遺伝によって存在している」もの。そして、最下層に「類心」が位置する。「類心」は、部分的心理水準の低下によって、意識が下降するとき、それが極めて低いところに達すると、心の領域を超える領域と接することになる。それは、もはや「心」と呼べず、「身体」とも呼べない領域であり、ユングはそれを類心的領域と名付けた。この類心的領域について、ユング派の心理学者アイラ・プロゴフは、『ユングと共時性』のなかで、「無意識の類心的レベルは……その作用の仕方において自然界と直接に関係している」と説明している。

4

科学が「夢」を本格的にその研究対象としたのは、一九五二年にレム睡眠が発見されてからである。「夢」の研究といえばフロイトを想起する人が多いだろう。そのフロイトが心理学の見地から『夢判断』を発表したのは一九〇〇年で、レム睡眠の発見の約五十年前である。フロイト以前は、「夢」は神学の領域であった。

レム催眠は次のようにして発見された。「当時シカゴ大学のナサニエル・クライトマンの下で研究する大学院生であったユージン・アリセンスキーは、幼児の睡眠パターンを研究していて思わぬ発見をした。アリセンスキーは眼球運動や他の活動を示す指標が活発な期間と、それらが比較的静かな期間が規則的に交代することに気づいたのである。こうした急速な眼球運動（rapid eye movement）すなわちレム（REM）の周期の繰り返しは、被験者の眼の横にテープで貼った電極を通して容易に確認することができた。これを記録したものは眼球電図（眼電図、EOG）と呼ばれている。脳波と眼電図の同期ポリグラフ記録で、レム活動の時期は記録上の浅い睡眠を示す期間にあることがわかった。さらに、被験者（この場合は成人）はこのレム期に起こされると、たいてい鮮明な夢を見ていたと報告した」（『明晰夢　夢見の技法』／スティーヴン・ラバージ）。

レム睡眠の期間は、身体は骨格筋が弛緩して休息状態にあるが、一方、脳は活動して覚醒状態にあるとされている。これに対して、身体は休息しておらず、脳が覚醒していない状態がノンレム睡眠である。ノンレム睡眠時は、脳が覚醒していないため、この間に夢を見ていたかどうかは確認が難しい。入眠時から四十五〜六十分以内でノンレム睡眠N1―N3（眠りの深さの度合。深く下がっていくイメージ）まで達し、やがて約一時間から二時間ほどで徐々に上向きに登っていってレム睡眠となる。以降は、ノンレム睡眠とレム睡眠が交互に表れ、九十～百十分のセットで繰り返され、一晩でだいたい四～五回のレム睡眠が表れる。つまり、鮮明な夢を見ているのは深夜から明け方ころというわけだ。

レム睡眠の発見により、「夢」をいつ見るかは明らかになった。しかし、「夢」は主観的なものであり、その「夢」がどのようなものであったかは、夢主にしかわからない。この問題に挑戦する『睡眠中の脳活動パターンからの夢の内容の解読（二〇一三年／堀川友慈・神谷之康／国際電気通信基礎技術研究所（ＡＴＲ）脳情報研究所神経情報学研究室）』という研究がある。その内容は、「睡眠中の脳の活動を計測することにより得られた脳活動パターンを解析することで、夢の内容を解読し客観的に評価する手法を開発する」というもので、実験では「機能的ＭＲＩを用いて睡眠中の脳の活動を計測し、被験者を覚醒させ直前に見ていた夢の内容を言葉で報告させる、という手続」が繰り返された。そして「実際に画像を見ているときの脳の活動を使い、脳活動パターンから見ている物体を予測するパターン認識アルゴリズムを構築し、睡眠中の脳の活動を解析することにより、夢の報告に現れた物体を高い精度で予測することに成功した」という。今後、ＭＲＩなどの計測技術が進歩することにより、「夢」が映像化される日が来るのかもしれない。

5

古典文学において、夢は売り買いの対象でもあった。

例えば、『宇治拾遺物語』で語られる「夢買ふ人の事」という説話。

「備中に郡司の子、ひきのまき人という者がいた。あるとき夢占いの女の所へ行って話をしていると、国司の御子がやってきた。まき人は奥の方に引っ込み、穴から覗いていた。すると女は御子の見た夢を聞いて、『必ずや大臣にまで昇進なさる』と申し上げた。

そうして御子が帰ったあと、まき人は部屋から出て、女に、『夢を取るという事があるそうだ。この君の御夢、私に取らせてくれ』と言葉巧みに願うと、女は、『おっしゃるとおりにいたしましょう』と言う。そこでまき人は、国司の御子が入って来て夢の話をした時と同じようにして、その夢を自分のものとし、着物を脱いで女に与えて立ち去った。

やがて彼が学問を始めるとどんどん上達し、ついには天皇の耳にまで入る存在となり、遣唐使として渡唐しさまざまな新しい学問を吸収した。そして帰国するや、重用され、大臣の位にまで昇りつめた」

このモデルは、実際にも異例の昇進を遂げた吉備真備であるとされる。

また、『曽我物語』には北条政子をめぐる夢買い譚が記されている。

「まだ伊豆の一豪族であった北条氏に姉妹がいた。あるとき妹が、『高い峰に登って日月を袂におさめる』夢を見て、姉の政子にその意味を尋ねた。そこでこの夢が吉運を約束していると確信した政子は、身分不相応ゆえ悪夢と妹を脅し、鏡と小袖で買い取った。そしてその結果、夢の福運を手に入れ、やがて将軍となる源頼朝と結ばれ、息子二人が将軍となった」

その他、いわゆる夢買い長者の話は、それこそ日本全国に残されている。

また、夢には、革新的な発明などを導く力もある。ベンゼンの分子構造（フリードリヒ・アウグスト・ケクレ・フォン・シュトラドーニッツ）、ミシン（エリアス・ハウ）、Google検索エンジンの原型（ローレンス・エドワード・〝ラリー〟・ペイジ）といったものから、文学、絵画、音楽まで、夢から着想を得て成し遂げられた科学・芸術の成果は枚挙に暇がない。

夢買いにせよ発明にせよ、非物理的世界で見たものを物理的世界に還元する、そんな力が夢にはあるように思える。

第二節　なぜ人は悪夢を見るのか

1

あのセミナーから一ヶ月が過ぎた。季節は、桜の開花を迎えている。一方、私のヘミシンクは一向に上達していない。あれから毎晩CDを聞いているのだが、一度も体外離脱を経験できていない。進歩といえるかどうか怪しいが、それでもちょっとした変化はあった。暗闇で目を閉じて意識を集中すると、緑やオレンジの渦が見えはじめる。そして、それらが消えると、海や草原の映像が浮かび始める。私の意識はその海や草原を飛ぶようにわたっていくことができる。これが何なのかはわからないが、少なくともこれまで経験したことがないものだ。この時、私はほんの僅か瞼を開けている。つまり、間違いなく、私の意識は覚醒しているのである。

「それは入眠時心象ですね。同じものを何度か見ていませんか?」とセミナーのトレーナーは笑いながら言った。私は今、年間コースに通ってヘミシンクを続けている。

「はい、だいだい毎回同じ色彩を帯びた渦とモノトーンの風景です」

「覚醒から睡眠への移行期は、覚醒でも睡眠でもない意識状態になります。この状態で起きるのが入眠時心象です。これは脳が睡眠に入るために外部の刺激をシャットアウトしようとしているんですね。脳の中で映像をつくって、その映像に注意をひきつけておきながら、物音や肌触りなどの感覚を遮断して邪魔な刺激を排除しているのです」

「体外離脱とは関係がない？」

「うーん、ちょっと違いますね。でもうまく使えば、これで眠れる、という安心感が得られますから、寝つきをよくするための方法として活用できますよ」

2

コロナウイルス・パンデミック・ドリームという現象をご存知だろうか。新型コロナウイルス感染症（ＣＯＶＩＤ―19）の流行の影響、つまり自粛生活による孤立、健康不安、死への恐怖、経済的不安などのストレスが原因で、奇怪で鮮明な悪夢を見る人の増加を示す現象である。ＣＯＶＩＤ―19に限らず、戦争や大きな災害にあった人々も悪夢に悩まされることが多々あることも様々な調査により明らかになっている。それがひどい場合には心的外傷後ストレス（ＰＴＳＤ）になることもある。ＰＴＳＤ

の患者の夢は、その原因となった衝撃的な体験がそのまま夢のなかで悪夢として再現されるという。

American Psychiatric Associationによると、悪夢とは、「通常、長くて精巧な物語のような夢のイメージの連続であり、現実のように見え、不安、恐怖、または苦痛を引き起こす。目覚めた後、悪夢を経験している人々はすぐに警戒し、一般的に夢を覚えており、それを詳細に説明することができる。悪夢は重大な苦痛や機能の問題を引き起こす」とされている。

3

(ヒュー、ヒュー……)もの凄い風の音がする。

(寝ているのか?)私は起きようと試みるが身体がまったく動かない。

(金縛り?)と思った瞬間、得体のしれないものが圧倒的な力で布団の上から私に覆いかぶさってくる。

「どうしたホラ、殺してやろうか」

そいつが叫ぶ。

(……!)私は声すら出すことができない。

「ホラ、ホラ、ホラ！　ハハハ！」

「うー、うー、うー」

私は懸命に叫び、払いのけようとするが、身体が硬直して動かない……。

その時、

「大丈夫？　大丈夫？」

どこかで富士子の声がする。

「起きて、起きて」


どのくらいたっただろう。私はようやく起き上がることができた。隣を見ても富士子はいない。どこに行ったのだろうか？　いや、いないはずだ。富士子が亡くなってもう四年もたつのだから。金縛りになったのは何年ぶりだろうか。

出眠時幻覚。悪夢の一種だ。これは、まるで現実に体験しているかのような、非常に鮮明で生々しい夢を見る症状である。夢の内容や状態は様々で、「妖怪や幽霊などのような恐ろしいものが体の上に乗っている」、「玄関や窓から誰かが忍び込んで襲ってくる」、「天井に死神がいて体を圧迫する」といったものだ。出眠時幻覚は、現実感、恐怖感を伴った夢であり、触感、運動感覚などの五感を伴うことも多い。幽霊や死神の声や音が聞こえるようなこともある。健康な人、睡眠に問題がない人にも起こる現象だが、症状が続くと、だんだんと現実なのか幻覚なのか判断ができなくなり、日中にも幻覚や幻聴が現れることもあるという。はっきりとした原因は究明されていないが、成長過程での脳の機能の障害や、遺伝などが関係しているのではないかと考えられている。また、ナルコレプシー（夜にいくら寝ていても昼間にも突然強い睡魔に襲われて意識が遠のいてしまうというような睡眠障害の病気）の患者に多く現れる症状でもある。入眠時心象が入眠時に起こるのに対して、出眠時幻覚は朝方のレム睡眠から目覚めるときに起こることが多いとされている。

まだ、午前四時だ。

私はもう一度横になりながら考えた。

金縛りは嫌だけど、富士子の声が聞けたことはよかったな、と。

4

「なぜ、人はわざわざ自ら悪夢を作り出し、自ら恐怖するのでしょうか？」と私は心療内科の医師に聞いた。

「悪夢はね、縁起が悪くて心理的にマイナスなものと思うでしょ。でもね、一概にそうとも言い切れない部分もあるんですよ。夢はね、脳が記憶を整理する過程で見る、断片的な記憶であるとされています。そのため、夢には処理しきれなかった記憶、オーバーフローした部分を整理する役割や、記憶を取捨選択する役割があるんだそうです。つまりね、ネガティブな情報を適切に処理するために悪夢を見ると考えれば、悪夢は悪夢で役に立っている可能性もあると思うのですよ」と心療内科の医師は私に言った。

「悪夢が役に立っている？」

「悪夢に限らず、夢は、あなたが探しておられる霊魂と同様に科学の世界においては、まだまだ未知の領域なんです。世界中で様々な実験が行われ、夢を説明する理論も数多く提唱されていますが、なぜ、どうやって夢を見ているのか、その正確な解答は未だ見つけられていないんですよ。ある研究—悪夢に関する年代別聞き取り調査—によると、『追いかける』、『追う』、『走る』、『殺す』、『死ぬ』、『亡くなる』、『落ちる』、『飛び降りる』といった言葉が世代を問わずに共通していたそうです。つまり、悪夢に関しては、世代や人種、言語や環境にかかわらず同じような映像を見ているという結果になったというわけですね。ちなみに、昨夜は夢をご覧になられましたか？」

「はい。ちょっと変わった夢でした」

「ほー、どのような夢でしたか？」

「私を含めて三人くらい人がいて、迷子の女の子を家に送り届けようとしていました。そこに犬がやってきて誰かに噛みつこうとして、私のそばにやってきたので、私はその犬を撫ぜて落ち着かせました。すると女の子がポスターのようなものになっていて……。私はそれをもって女の子の家にいきました。その家は薬局でしたが、なかは雑多に乱れていました。誰かいないかと家の中を探していると若い女の人が一人いました。私は迷子の女の子のことを彼女に話しましたが、若い女の人は、そんな子は知らないと言いました」

「なるほど。なかなかユニークな夢ですね。それではまずは、あなたが見た夢の構成のどこかの部分、あるいは出会った人を対象として分析してみましょうか」

「……対象は、そうですねぇ、迷子の女の子にしましょうか」

「それでは、深呼吸をして呼吸に集中します」

私は心療内科の医師の指示に従い、ゆっくりと深い深呼吸を続ける。

「落ち着いてきましたら、迷子の女の子に集中して、思い浮かんだことを言葉にしていきましょう」

「……迷子になってかわいそう。まだ小さいから誰かが守ってあげないと。なんで突然消えてしまったんだろう。今どこにいるのかな。ポスターになったのはなんでだろう……」

私は思いつくままに言葉を紡いでいく。

5

夢の舞台、それはどのようにして作られるのだろうか。

NEXTUPモデルを提唱するアントニオ・ザドラ及びロバート・スティックゴールドは、次のような説明をしている。

「薬理学的にいうと、リゼルグ酸ジエチルアミド（ＬＳＤ）はセロトニン受容体と結合する。そのひとつセロトニン１Ａ受容体と結合した場合、脳の各所でセロトニンの放出が阻害される。ＬＳＤがもたらすぶっとんだ幻覚やアシッド体験は、セロトニンの放出が阻害された結果と言えるだろう。明らかに正常な状態ではないが、実は一日のなかでセロトニンの放出が完全に止まる時間がある。レム睡眠だ。夢はレム睡眠でもノンレム睡眠でも見るが、現実ばなれした奇妙な内容で、激しい感情をともなう―本人にとって最も意味がありそうな―夢を見るのはレム睡眠のときだ。ノンレム睡眠中にセロトニンの濃度が（覚醒時にくらべて）下がっていき、レム睡眠に入ると放出が完全に停止する。これが、弱い連想を重視する傾向に重要な役割を果たしている可能性がある。科学的な作用は、役に立ちそうな新しい連想を、優れた見識のひとつに加える潤滑油になっており、そこから有意義感も生まれるのかもしれない」(『夢を見るとき脳は』/アントニオ・ザドラ、ロバート・スティックゴールド)

NEXTUPモデルでは、まさしくLSDが作り出す幻覚と夢とは、かなり似通った現象であると捉えているのである。それであれば確かに悪夢を見ることもあるであろう。

6

「それでは次に、今思い浮かんだ言葉と、最近の悩み事や関心事を照らし合わせて関連性を考えてみてください。それから避けたい事や人がいればその関連性も探ってみてください。それがさきほどの夢と関連していないか分析してみましょう」と心療内科の医師は次の指示を出した。私は、夢の内容をもう一度なぞりながら、夢の持つメッセージについて考えていく。

「……どうも、迷子の女の子は亡くなった妻であるように思えます」

「それはどうしてですか?」

「私の前から消えてしまったことはまさしく迷子の状態ですし、あっこれは妻だけではなく私も同じ状態ですね。夢の中ではじめは実在していたのに、突然ポスターに代わってしまった。これって毎日見ている遺影のイメージと重なります」

「なるほど、続けてください」

「……私の最近の関心事は、先生もご存知の通り、霊魂はあるのか、死後生というものがあるのか、ということで、それが存在するのであれば、もう一度妻に会うことができる、ということです。迷子の女の子が消えってしまった状態、それが妻の死を意味するのであれば、夢のストーリーにも合致する」

「他の登場人物の存在はどう考えますか？」

「……一緒にいた人たちは、これまで私が出会った霊媒、心理学者、トレーナーかな。犬は何だろう……」

私はしばらく考え続ける。

「……そうだ、心霊側の象徴かもしれない。自分の存在を証明しようとして私たちに嚙みつこうとしていたのかも。私は心霊側に傾いているから、私が撫でるとおとなしくなったのか」

「若い女の人はいかがですか？」

「彼女は、科学側の象徴だ。だから、迷子の女の子なんて知らないって言ったんだ」

7

迷子の女の子の夢を見たころ、ヘミシンクによる体外離脱ができず、私は不安を感じていた。交霊・鏡視とうまくいったのに、なぜ、ヘミシンクはだめなのだろう……。NEXTUPモデルに照らしてこの夢を考えてみると、ヘミシンクの不調という出来事とやはり魂は存在しないのかという不安な情動がキーとなって、この夢を見たのではないかと推測できる。そうすると私の脳が検索した記憶・連想はどう理解すればよいだろうか。

この夢のメッセージ。それは、私には魂の存在証明以外にも何か方法があることの暗示のように思える。夢は、人間誰しもが経験する心的現実の代表であろう。毎夜みる夢のストーリーは、気がつくといつの間にかその情景の中にいて展開がはじまる。また、夢の中には、知っている人、知らない人を含めて様々な人物が登場する。この夢の世界では、会話や運動を体験することも可能だ。触覚もある。嗅覚や味覚はどうだろう。これらも機能しているように思う。つまり、夢の中でも、身体感覚がしっかりと機能していることになるのだ。ということは、心的現実においても、物質的現実において身体を持っているのと同様に、何らかの身体性を帯びていると考えることができるのではないか。そうであれば、夢は非物理的世界空間であると考えることも可能だろう。

そして、私は金縛りの幻覚のなかで聞いた富士子の『大丈夫？　大丈夫？』、『起きて。起きて』という声について考えている。マクファデンのセミ・フィールド理論から類推すると、あれは富士子の意識から送られてきた声だと考えることもできよう。だとすれば、魂の証明にも繋がることになる。

夢を自在に操れれば、夢を通じてこちら側から富士子にコンタクトをとることもできるはずだ。そのための方法も実在する。

それは、明晰夢を見ることだ。

第三節　明晰夢

1

明晰夢。それは夢見る人が自分は夢を見ていると知っていて、夢そのものの中で完全に意識があると感じる『明晰な』夢のことである。明晰夢をめぐっては、その存在自体を否定する科学者や哲学者も多い。そもそも睡眠とは覚醒していない状態なのだから、そのなかで完全な意識がある、というのは矛盾以外の何物でもない、という、まあ言われてみればもっともな説である。それに夢自体、夢主にしかその内容がわからないのだから、客観的なデータによる検証をすることができないので、科学として扱うには、心霊と同じジレンマがある。

私が明晰夢の存在を初めて知ったのは、例の心療内科の医師に教えてもらったからだ。それは、彼に紹介してもらった心理学の実験『鏡視』での体験やヘミシンク、など一連のことの報告をしたときのことだった。

「『鏡視』では奥様に会えたのですね。それはよかったですね。グリーフケアの観点からも有意義な取り組みであるとは思ってました」と診療内科の医師は微笑みながら言った。

「はい、とても良い体験でした。あれは本当のことでしょうか？　それとも幻覚？」

「私自身体験したわけではないのでなんとも。でも、心のことは本人にしかわからないのですから、あなたが信じることを信じてよいと思いますよ。それによって人生が豊かになるのであれば。それから、前回のあなたの夢のお話ですけど、奥様とのことをだいぶ客観的に捉えられるようになってきている、つまりこころの平衡がとれてきているようですからね」

「私は……、やはり本当のことだと思いたいです。それから最近、金縛りにあったときに妻の声が聞こえましてね。それで考えてみたんですけど、夢を使ってなんとか妻に会えないものかと」

　診療内科の医師はしばらく私の顔をみつめてから、おもむろに「あなた明晰夢って聞いたことありますか？」と言った。

「明晰夢？」

「ええ、今見ているのが夢だってわかっている夢」

「初耳です」

「これね、面白いことに自在に夢を操れるようになる人もいるんですって。あなたが考えていることに似てるでしょ？」

「ええ、確かに。でもそんなことできるんですかねぇ」

「キルトン・スチュアートという文化人類学者が発表した『マラヤの夢理論』という論文によりますとね、マレーシアのセノイ族の人々は、見た夢を親子や村中で話し合い、明晰夢を見る術を学んで暮らしているとか」

「どんなふうに？」

「悪夢を見た場合は逃げずに立ち向かえ、夢の中では快楽めがけて進め、はっきりとした成果を手に入れろ、と教えるんだそうです。快楽の教えなんてある種の性教育ともとれる。そうそう、ちょっと待っててください」

そういうと心療内科の医師は席を立ち、部屋をでていった。

しばらくすると、「これこれ」と言いながら心療内科の医師が部屋に戻ってきた。

彼は数冊の本を私に渡した。

「仕事柄、私も結構興味があるものでしてね。まあ、読んでみてください。きっと参考になると思いますよ。あと、一応、診療は今日で卒業ということでよいでしょう。また、何かあったら電話をしてください」

私は四年がかりで心療内科を卒業できたようだ。

2

素晴らしい容姿を持ち煌びやかな衣装を纏ったその若武者は「ついてまいれ」と私に命じた。私は命じられるまま、その若武者の後に従って歩き続けた。やがて私たちは、とある村にたどりついた。そこではこれまで聞いたことのないような甘美な曲が流れている。

「この音楽は何だろう?」

「神への讃美の雅楽なり」とその若武者が言った。

(ああ、夢か)私は目覚め、そう思った。

次の夜、私は再びその若武者の夢を見た。

「汝は我を知るや?」

「はい、もちろん存じ上げています」

「何処にて我を知りたるや?」と若武者は私に聞いた。私は昨夜の夢のことを詳しく語った。

「その出来後は夢の中で起こりしか、それとも覚醒時に起こりしか?」

「夢のなかで」

「しかり。なおまた汝は夢において我に会いたり」

(私は夢を見ているのか?)

「今、汝の身体は何処にあるか?」

「これが夢だとすると、たぶん、私の寝床の上に」

「汝の身体の眼は汝の身体とともにあり。今、汝は何をもって我をみるや?」

(……)私は返答できない。

「汝が眠りし間、汝の身体の眼もまた眠れり。しかれども汝は我をみる眼をもって我の前にあり。死後もしかり。汝の眼は見えずとも、汝には知覚の力あり。このことゆくゆく忘れまいぞ」

ここで私は目が覚めた。二晩続けて同様の夢を見たのは初めてだ。それにしても何やら啓示的な夢のようにも思える。


現代では、明晰夢を見るためのサポートツールとして、明晰夢専用のヘッドバンド、明晰夢誘導を含めて睡眠コントロールを行うアイマスク「Neuroon」といった商品も開発されている。また、アセチルコリンエステラーゼ阻害薬のひとつであり軽~中度のアルツハイマーや様々な記憶障害の治療に用いられるガランタミンには、明晰夢や体外離脱の確率を上げる効果があるとされている。

しかし、今回、私は心療内科の医師が貸してくれた『明晰夢　夢見の技法（スティーヴン・ラバージ）』、『夢学　創造的な夢の見方と活用法（パトリシア・ガーフィールド）』、『はじめての明晰夢　夢をデザインする心理学（松田英子）』の三冊をもとに、独力でがんばってみることにした。

3

アメリカの神経生理学者スティーヴン・ラバージによると、『明晰夢（lucid dreams）』への関心の種を植え付けた出来事の嚆矢は、イギリスの超心理学者シーリア・グリーンによる『明晰夢』と題する書籍が一九六八年に出版されたことであるという。とはいえ、ラバージは、「『明晰夢』は超心理学の専門家が書いたもの、と多くの科学者から見なされたという事実は重要である」とする。それは「保守的な科学者ほど明晰夢を研究したがらない理由の一つは、まさに超心理学者がこのテーマに関心を抱いていたがために、明晰夢が幽霊やテレパシーやＵＦＯなど従来の科学が迷信的なナンセンスとみなしたテーマと関係しているという、不当な評判を与えてしまった」からだ。

一方、その一年後アメリカでチャールズ・タートが『変性意識状態』を発表。これは「入眠時幻覚状態、夢の意識、催眠、瞑想、幻覚剤など、多彩な題材に関する三十五の学術論文をまとめた」もので、「変成意識状態で現れる豊富な研究課題に関心を抱くようになった多くの若い科学者たちに、疑いなく影響を与え」、ラバージ自身もその一人であったという。

さらに一九七四年、アメリカの臨床心理学博士パトリシア・ガーフィールドが『夢学』を発表。アメリカインディアンやセノイ族など様々な文化における夢のコントロール法の調査、夢日記のつけ方など明晰夢研究のための手段などが収録されている。

しかし、こうした書籍が発表されても、科学の側はまだ明晰夢に対して懐疑的であった。

「一九七五年当時、大多数の夢研究者にとって、明晰夢はほとんど考える価値もないほど奇妙なことに思われ、事実としての地位を認めることなど論外であった。なぜ、そうだったのだろうか？　ラプラスの原則によれば、事実の不可思議さに相当する重要な証拠が必要だが、それがまったくなかったのである！　すなわち、何人かが明晰夢をときおり体験し、またそれをかなりの程度コントロールする訓練も可能であると主張した以外、何もなかったのだ。こうした逸話は、経験科学においてはほとんど重みはないのである」『明晰夢　夢見の技法／（スティーヴン・ラバージ）』

　こうしたなか、ラバージは明晰夢の存在を科学的に証明する方法を思いつく。それは、明晰夢を見ている最中に、夢のなかから合図を送るという方法である。一九七八年からラバージはスタンフォード大学と共同でこの実験に取り組んだ。そして、ポリグラフの記録に、眼球を動かすという合図で証拠を残したのである。ラバージはこの研究結果を『レム睡眠中の自由意志での伝達により立証された明晰夢』として、科学雑誌サイエンスへ提出。しかし、結果は掲載見送りであった。その後、修正論文の提出―不採用―、科学雑誌ネイチャーへの提出―不採用―を繰り返した後、この論文は一九八一年、心理学雑誌『知覚と運動能力』に掲載され、明晰夢はようやく科学の世界の一端にその姿を現したのである。

　その後、明晰夢をめぐる研究は、フランクフルト大学の研究チームによる「前頭部を通して脳に微弱な電流を流すことで、明晰夢が高い確率で見られるようになる」という報告、オーストラリア・アデレード大学の研究による「①被験者に夢の中で呼吸などの意識を持ってもらう『リアリティチェック』、②睡眠後五時間が経過した時点で目覚めて数分起きてからベッドに戻るという『wake back to bed（ＷＢＴＢ）』、③五時間が経過した時点で目覚めて、再び眠る前に「次に夢を見るとき、私は夢を見ていることを覚えている」と何度も唱えるという『Mnemonic Induction of Lucid Dreams（明晰夢誘導記憶術／ＭＩＬＤ）』を併用することで、光の点灯や電気刺激など外部からの介入なしに、高確率で明晰夢が見られる方法」が報告されるなど、活況を呈しつつある。

4

私は今、『夢を見るとき脳は（アントニオ・ザドラ、ロバート・スティックゴールド）』、『明晰夢　夢見の技法（スティーヴン・ラバージ）』、『夢学　創造的な夢の見方と活用法（パトリシア・ガーフィールド）』に書かれていた訓練方法をミックスして、明晰夢を見るべく毎日訓練をしている。

①覚醒時に、これは夢なのか？　と自分に問いかける。そのときすぐには答えを出さず、周囲の様子を観察し、直前までに起きていたことを思いだす。それによって夢世界の矛盾点に気がつけるようになる。
②驚きなどの強烈な情動を経験したとき、これは夢なのか？　と自分に問いかける。明晰夢に気がつくのは、そうした状況が多い。
③覚醒しているとき、身体に刺激を与えるなどして、覚醒していることを確かめる。
④反復夢を見られる場合、夢だとわかっている前提で思い起こしてみる。

⑤今夜は明晰夢を見ると、自己暗示をかける。
⑥夜中に目が覚めたとき、再度、明晰夢を見ると、自己暗示をかける。
⑦覚醒しているのか、夢を見ているのか判断がつかないときは、ほぼ間違いなく夢である。
⑧夢を見た後はその内容を記録する。

また、明晰夢を自由に描き出すためには、①自分が見るつもりでいる夢を、はっきりと明確な形で言い表し、②それをあたかも現実で見ているかのようにありありと心に描くこと、つまり自己暗示が重要となる。そのための準備、夢の材料を補強するために、富士子との思い出の回想を文章にして記録している。例えば、桜とか星とかの項目をつくり、それに纏わる富士子の思い出を回想していくのである。この項目は、現在四百件ほど作成しており、寝る前にはできる限りその日の出来事などに近い項目を選んで読み返し、思い出を心に焼き付けるようにしている。幸い私は仕事をしていないから、睡眠時間は好きなだけとれるのである。

そんなふうにして、あっという間に一ヶ月が過ぎた。夜中に目を覚ましては、今見ていた夢を思い出し、枕もとの電気をつけて、ノートに書きつけていく。一晩に見る夢は四から六件ほどだ。いつも通り、どれも脈絡がないのだが、夢の中の私はその曖味さ、すなわち夢であることに気がつくことができないでいた。

5

果たしてどのくらいの人が明晰夢を見ているのだろうか？

「ドイツの夢研究者マイケル・シュレードルらのグループが、二〇一六年に十七歳〜九十三歳の約二千五百人を対象にウェブ調査をしたところ『明晰夢を週に数回みられる人はわずか2・65％に過ぎない』という結果が得られました。内訳としては、週一回程度が4・46％、月二〜三回が7・79％、月一回程度が9・84％でした。つまり、比較的頻繁に明晰夢を見られる人は合計24・7％で、約四人に一人ということになります。年に一回以上が22・16％年に一回以下が11・92％と、ごく稀に明晰夢を見る人を合計すると34・08％で、約三人に一人です。一方、今までに一度も明晰夢を見たことのない人は41・19％だったそうですから、こちらの方が多数派ですね。明晰夢が見られるのは一般的ではないのだとよくわかります（『はじめての明晰夢　夢をデザインする心理学／松田英子』）」

一般的ではないとはいえ三人に一人が明晰夢を見ているというのは私には驚きだった。夢を覚えておこうと記録をとりはじめる前、私はよほど印象的な夢でなければほとんど忘れてしまっていた。夢を見たことは覚えていても、その内容がどんなものであったか思い出せる夢はほんの一握りだ。もっとも夢は短期記憶なので、これは当然のことなのであるが。

ニーチェは『人間的、あまりに人間的』のなかで、形而上学を批判する手段として、夢を持ち出している。

「原始的文化の時代には、人々は夢の中で第二の実在世界を見ていると信じていた。そして、ここにあらゆる形而上学の起源がある。夢という機会がなければ、人類は世界をそのように分けることを考えつかなかったであろう。霊魂と肉体を分けることもまた、このように夢を解釈することから生まれた。霊魂が仮の肉体に宿るという考えや、またその帰結であるあらゆる霊的存在への信仰、そして当然のことだが、神々の信仰も同様である」

ニーチェは、形而上学的世界とは、かつて人類が自らの置かれた状況に対し、それをうまく説明づけるための原因としてでっちあげた妄想である、としているのである。ニーチェが形而上学を批判する理由、それは「認識のある一点で絶対的心理を所有しているという信仰」と定義される「信念」の時代ではもはやない、というニーチェの時代感覚からであろう。信念があることが、自らの正義を構築して宗教戦争などの悲惨な歴史を繰り返してきた。今は、信念を所有するのではなく、それを探求することが求められている。すなわち、理性や科学を重んじる啓蒙主義こそが、時代がもとめるものである、という思想である。しかし、幸いにも明晰夢は、今、探求することが求められている事象なのだ。

一方、ユングは『Das Symbolische Leben』において、心に表れる現象は、動物や植物と同様に存在性をもったものであるとしている。

「すべての神話的表象は本質的であり、いかなる哲学よりもはるかに古い。物理的自然の知識とまったく同じように、神話的表象は、もともとは知覚や経験であった。そのような表層が普遍的に広まっているかぎり、それらは心的生命の症状や微表や正常な表現であり、自然的に存在しているのであって、その真理性を証明する必要はない。唯一論じる価値のある問題は、それが普遍的に存在しているかいないかである。それらが普遍的に存在するならば、それらは人間の魂の本性的な構成要素ないし正常な構造をなしている」

形而上学の是非はともかく、夢が人類の誕生とともに存在していたということは事実であろう。そのことに大きな意味があるように私には思えてならない。

6

一九六〇年代と時代は遡るが、ドリームテレパシーという実験がある。これは夢の中に他者の意識をおくることができるかどうかを検証するもので、ニューヨーク市にあるマイモニデス医療センターの精神科医モンタギュ・ウルマンが、超心理学財団を設立した霊能力者アイリーン・ギャレットの助けを借りて行った実験である。

実験の方法はこうだ。

①被験者は遮音室で、脳波計（ＥＥＧ）や眼電位計（ＥＯＧ）などの測定器を装着した状態で眠りにつく

②別室ではＥＳＰターゲットの送り手が待機し、被験者が夢見状態になった時点（これは眼球の急速な運動や脳波の周波数特性で分かる）で絵葉書などの多数のストックの中から乱数で選び出されたターゲットの内容をイメージする（どのターゲットが選ばれたかは、実験終了まで送り手しか知らない状態を維持）

③被験者の夢見状態が十分続いたことを測定器で確認したうえで被験者を覚醒させ、今見ていた夢の内容の報告をテープに録音

④この手順を一晩のうちに四～五回繰返す
⑤翌朝、被験者は、使われたターゲットを含む八枚の絵葉書と自分の声の録音テープとをつき合わせ、どの絵葉書の内容が夢の内容と近いか順位づけをする
⑥絵葉書と録音テープは三人の判定者にも送られ、被験者と同様の順位づけをそれらの判定者も行なう
⑦被験者と判定者の順位づけを統計処理

ドリームテレパシー実験は、十五件の研究にまとめられ発表された。そのうちの七件に有意な結果が得られたという。例えば、あるケースで被験者から報告された夢は「東洋人」、「雨の中を歩いている」、「噴水」、「水しぶき」で、使われたターゲットは歌川広重の『東海道五拾三次　庄野白雨』であった。また、マルコム・ベセント（超能力があるといわれていた）が被験者をつとめた実験においては、ターゲットを翌朝に決定するという送り手なしの予知実験なのにもかかわらず、有意な結果が連続して得られたという。

この実験結果から、夢には、他者からの意識を受け入れ、再構成する力があると言えるのではないだろうか。

7

夜中に目を覚ました私は、いつものように今見ていた夢を思い出そうとしていた。しかし、夢を見ていたことは覚えているのだが、内容については思い出すことができなかった。しかたなく私は再び眠りにつく。

（次に見る夢では、私は、夢であることを覚えている。次に見る夢では、私は、夢であることを覚えている……）

そして、それは突然やってきた。

私は、暗闇の中でまだ睡眠に入っていない状態であった、と思う。

いきなり電気がついたように明るくなり、私は見知らぬ部屋に立っていた。

その瞬間、これは夢である、と意識できた。

（ならば、飛んでみるか）

私は軽くジャンプするとそのまま平泳ぎをするように手足を動かす。

すると、たしかに空中に浮かんだのである。

夢とはわかっていてもかなりの衝撃だ。

私はそのまま泳ぐようにしながら、その部屋のなかを飛び続ける。

ついに明晰夢を見た！　私はうれしさで満ちている。

（そうだ、富士子を探さなければ）

部屋の中を見渡してみるが、富士子はいない。

何か写真を見せている人がいる。

私は彼の前までいくと、写真を見てみる。

（違う、富士子じゃない）

何枚か写真をめくってみるが、全部別人だ。

私の後ろには写真を見ようとして人が並んでいる。

私は写真をみることをあきらめて、違う場所へと浮かんだまま移動する。

いつ、目が覚めてしまうのだろうか？

私は、『明晰夢　夢見の技法（スティーヴン・ラバージ）』で学んだ、夢を安定させる方法を試してみる。地上におりて後ろにひっくり返ってみる。

そして、立ち上がると、再び浮かぼうとした……、その時。

突然、電気が消されたように真っ暗になった。

私は、布団のなかでしばらく茫然としていた。今、確かに明晰夢を見た。明晰夢は間違いなく存在する！　私は枕もとの電気をつけ、ノートを開く。そして今見た明晰夢について詳細を記した。時計を見ると午前一時五十二分であった。

8

「ほー、ついに明晰夢を見られましたか」と心療内科の医師は言った。

「はい。夢のはじまり方と終わり方が独特で、あきらかに夢だとわかるものでした」

私は、明晰夢を見た報告と借りていた書籍を返すために心療内科を訪れたのである。

「それで奥様にはお会いできましたか？」

「いえ、残念ながらそこまでは。ただ、明晰夢が存在することは私のなかでは明確になりましたので、これからあせらず夢を創っていきたいと思っています」

「私が最近読んだ雑誌には、明晰夢を見るのは、体が寝ていながらも、『前頭葉』が目覚めた状態にあるからだ、と書いてありました。前頭葉は、現在の行動によって生じる未来の予測、それによる行動の選択など、思考と行動を司る実行機能の役目を担っています。普通は夢を見ていても前頭葉も休眠しているのですが、明晰夢を見る人では、この領域が活発に働いているのだそうです。明晰夢はね、今、心理療法としても注目されつつあるんですよ。『ストレス解消』とか『トラウマ治療』とかね。でも、その一方で、明晰夢を見すぎると、通常の睡眠の質が低下したり、現実との区別がつかなくなってしまったりしたりするので、うまくコントロールして楽しんでくださいね」

明晰夢が当たり前になったら私の人生はどう変化するか？　夢の中が活動の場になると、一日の時間の使い方が大きく変わることが考えられる。寝ている間に、金もかけずに自分の好きな活動をすることができるのだ。それも自分の描きたいシナリオに沿って。そして、明晰夢を見ることを前提に生活を組み立てるようになると、明晰夢を見ること自体が生活の主体となることは想像に難くない。夢の中での活動が生活の中心となれば、起きている時間を極端に減らし、睡眠にほとんどの時間を使う可能性が高まる。確かに、明晰夢には人生の長さを変える力がある。そして、私が明晰夢を見たい理由、それは富士子とまた会いたいからだ。もしも、それが可能となったら、私の生活は逆転するだろう。現実は夢となり、夢が現実となる……。

しかし、心療内科の医師に報告して以降、私は、二回目の明晰夢を見ることができないでいた。焦ってはならない。ガーフィールドは、「自分の夢を誘導する技術は、努力しなければ覚えられない。練習の積み重ねが必要である。ある学者が次のような測定を試みたことがある。つまり、子供が自分が見たいと思う夢を誘導するのにいったいどれほどの時間を要するか、というのである。その調査によると、自己暗示をかけて、夢が現れるまでに要する平均時間は五週間であった。最短時間で二週間。子供は、大人よりも暗示にかかりやすいとされている。したがって、私たちの場合、もっと時間を要するかもしれない。とにかく、辛抱強く練習を積み重ねることが肝心なのだ」と言っている。まずは、明晰夢を頻繁に見れるようにすることに集中し、次に、富士子のテレパシーが入り込んでくるための舞台をつくることだ、と私は自分に言い聞かせた。

9

妻に先立たれたユングは、妻の死の一年後に次のような夢を見た。

「ある夜急に私は目を覚まし、私が彼女と共に南仏のプロヴァンスでまる一日を（夢の中で）すごしたことに気づいた。彼女はプロヴァンスで聖杯の研究をしていたのだ。彼女はこの研究を完成せずに亡くなったので、このことは私にとって意義深く思われた。この夢の私にとっての内的な意味―つまり、私のアニマは、そのなさねばならぬ仕事を未だ完成していないということ―はほとんど興味のないことである。私は、それをやりとげていないことをよく知っていた。しかし、私の妻が、その死後も、彼女のよりいっそうの精神的発展のために研究し続けているという考えは私にとっては意味深く感じられ、安心感を与えてくれるものであった」

ユングは書簡のなかで「古くから言われてきたように、テレパシーが夢に影響を与えることは私も経験している。この種のことに敏感な人間は、しばしばテレパシーを使って夢に影響を与えているはずだ」と記しているように、テレパシー夢を確信していた。そうすると、先に紹介したユングの悲嘆夢のメッセージは、亡き妻から送られてきたものなのかとも考えることができる。

心霊側の立場から夢とは何かと考えるとき、想起されるのが第三章でみたマクファデンのセミ・フィールド理論だ。脳の内因性電磁場が、個々のニューロンの情報を統合して意識の基盤となる。脳内の電磁場は大域的であるため、脳内のローカルな情報を結びつけることができる。また、他の意識理論で提唱されているワーキングメモリやグローバルワークスペースの物理的基盤を提供する。つまり、脳内の物質ではなく、脳内に生じるエネルギー、すなわち電磁場が意識の物理的基盤であると主張する説である。夢にテレパシーが入り込むことがありえるということは、ドリームテレパシー実験でも証明済だ。この脳内エネルギーがエネルギー不滅の法則（エネルギーが消えることや、無から生じることは絶対にない）により永遠性を獲得するものならば、故人の意識がテレパシーというかたちで我々の脳にコンタクトしてきても不思議ではない。ユングが見た悲嘆夢は、まさしくそうしたものなのだったのではないだろうか。

10

突然、ぼんやりと灯りがともる。
(……)私は、眠りにつこうとしていた。
つまり、これは明晰夢のはじまりだ。
私は薄暗い部屋のあたりを見回してみる。
見覚えのある部屋だ。
そう、ここは富士子と何度も訪れた伊豆高原の宿で間違いない。
部屋の中は間接照明の灯りだけである。
私は露天風呂へ繋がる扉へと歩いていく。
そこから外を見ると、誰かが露天風呂に入っているのが見える。
(ふーちゃん?)
私は部屋着のまま外へ出る。
「ふーちゃん!」

思わず私は大声を出す。

露天風呂に浸かっていた女が私のほうへ振り返る。

「また連れてきてくれたんだね」と笑いながら富士子が言う。

「会えた。やっと会えた……」

私は夢とわかりながらも茫然として富士子を見つめる。

「ひーちゃんが創ってくれたところに入ってきたんだよ。そしたらなんと善積だったのでびっくり！　もう一度いっしょに来たいってずっとずっと思ってたんだ」

富士子はうれしそうに笑いながら露天風呂のお湯をその手で掬っては放り上げている。

私は部屋着を脱ぎ捨てて露天風呂へ入る。

「見て、満天の星だよ。あの時と同じだね」と富士子が言う。

「うん、あの時と同じだね。北斗七星がきれいに見える」

いつしか場面が切り替わり、あたりが明るくなりはじめる。

「日の出だ」

私は立ち上がると、はるかに浮かぶ大島の方を指さす。

「薄い雲がかかっているからお日様がはっきり見えるね。ねぇ、覚えてる？　皆既日食のこと」と富士子は笑いながら言う。二〇〇九年七月二十二日、日本の陸地では四十六年ぶりとなる皆既日食が観察された。この日、私たちは観測用の眼鏡を購入して二人で日食を観察したのだ。

「覚えてるよ。とてもきれいだった。そのあと、ネットでふーちゃんが鉄仮面で観測する小さな子の写真をみつけた」

「そうそう、とてもかわいかったよね」

　また場面が切り替わり、雪が舞い始める。

「ここで雪ははじめてだね。おもしろい！」と富士子は楽しそうに空に向かって手を伸ばす。私も手を挙げて富士子の手のひらを握る。かつてと同じように富士子の手のひらは暖かくて柔らかい。

「また、連れてきてね。約束だよ！」

　富士子は笑いながら言った。

　そして突然、灯りが消えた……。

11

あれから私は明晰夢の中で時々、富士子と会っている。残念ながら毎晩、明晰夢を見ることはできていないし、明晰夢を見たからといって必ず富士子に会えるとも限らない。私はまだ明晰夢を自在に操るところまではきていないらしい。また、富士子側にも何か理由があるのかもしれない。夢の中で意識があるのだから、そのことをはっきり聞いてみようかとも思うのだが、どこか躊躇われて聞くことができないでいる。もしかして、夢は夢だとわかってしまうことを私はどこかで恐れているのかもしれない……。

しかし、私は明晰夢で出会う富士子は、魂の存在を明らかにしていると考えている。「ひーちゃんが創ってくれたところに入ってきたんだよ」と富士子は夢のなかで、確かに私に言った。富士子に会いたいという私の願いと、私に会いたいという富士子の願いとが通じ、富士子の霊魂がテレパシーとなって私の夢のなかに現れたのだとしか私には考えられないのである。交霊、鏡視、ヘミシンク、明晰夢と富士子の霊魂を探す私の旅はついに終着地にたどり着くことができたようだ。

結論の前に、ここであの霊媒についての後日談を記しておく。霊媒を紹介してくれた物理学者は大学の同僚の脳科学者とともに、あの霊媒の脳波を調べたそうだ。もちろん、霊媒の協力のもとで。すると、交霊がはじまると突然、左脳だけ活動が低下したという。全体としての意識は覚醒しているが左脳は眠った状態になったのだ。

これは「半球睡眠」と呼ばれる現象と同じだ。半球睡眠は、イルカやクジラの睡眠方法である。イルカやクジラは、水面に顔を出し呼吸する必要があるため、睡眠中も片目を開け、脳の半分を活動させている。その間、片方の目を閉じ、脳の半分を休ませる。海の中では天敵がいつ襲ってくるかわからないため、脳全体が眠ることはしない。

また、心療内科の医師が教えてくれたように、明晰夢を見ているとき、体が寝ていながらも『前頭葉』が目覚めた状態にあるという調査結果もある。前頭葉は、現在の行動によって生じる未来の予測、それによる行動の選択など、思考と行動を司る実行機能の役目を担ってる。普通は夢を見ていても前頭葉も休眠しているのだが、明晰夢を見る人では、この領域が活発に働いているという。

それからペンフィールドの発見―右側頭葉に電気刺激を与えると、①過去の記憶の追体験、②体験の実在感がなくなる体外離脱、③初めて見たものを以前見たように感じる仮性既視、④何度も見たはずのものが初めて見たように感じる仮性未視、などが生じる―も思い出さねばなるまい。

ユングの元型―あらゆる時代や地域の中のみならず、個人の夢やファンタジー、ヴィジョンや妄想の中においても一致した形式で見出される、特定の形式とイメージ上の関連性と理解されるべきもの―が出来上がったころ、人類は非物理的世界と交信をする能力を備えていたのではないだろうか。そのころの人類の寿命は今よりもかなり短く、それゆえ人類全体の叡智の集積はまだ乏しかったことであろう。その状況で人類が生き抜いていくためには、危機に対応するための知恵や情報を何処からか探さなければさらない。そのために故人の知恵を利用することは有用であったはずだ。それが科学の発展とともに必要性が希薄になり、結果、退化して能力が喪失したと考えることは飛躍しすぎであろうか？

赤ちゃんが手の平に置かれたものをぎゅっと握りしめてしまう「把握反射」。把握反射は、生後まもなくでも木にしがみつけるようにというサル特有の反射と握力の名残だと考えられている。しかし、把握反射は生後五～六ヶ月まで見られるが、その後自然と失われてしまう。子供が霊感の強いような反応を示すのも、把握反射同様に生き抜くために何かから知恵を得ようとする、いわば「霊的反射」とでもよぶべきものの名残であるとも考えられる。そして、退化したこの能力の名残が脳のどこかに残っているのだとしたら……。

人類としてある機能が退化したとしても、それを未だに備えた人が存在することは生物学的にあり得ることである。例えば、あの霊媒のように。そして、臨死体験―すなわち死という究極の危機に瀕して、その機能が復活することもあり得よう。また、明晰夢を見ることができる訓練を積めば、退化したこの機能を蘇らすことができる可能性もあるのではないだろうか。

結論。私は魂の存在を確信する。脳内エネルギーが霊魂の正体であろう。ゆえに、霊魂は、エネルギー不滅の法則により永遠性を獲得する。そう考えれば、幽霊が見える原因の因果関係説の説明もつくし、うまれかわり（エネルギーが胎児の脳内に入りこむ。胎児はまだ確固とした意識はないから、入れ替わりが生じることになる）についても説明がつく。あの霊媒が言っていたエネルギーみたいなもの、とも合致するではないか。明晰夢でのこともまたしかりだ。結局、本物と信じることは私の自由だ。あの圧倒的な現実感はみたものでないとわからないだろう。

そして、明晰夢で富士子と会えるようになって以来、私の心に変化が起きている。毎日がすこしずつ楽しくなり、夢で将来のことも少しは考えられるようになったのである。私と富士子とは二人の人生の新しい絆を築き始めている。きっと私の還暦には、富士子は赤いちゃんちゃんこをプレゼントしてくれるだろう。私たちは新婚旅行で行った阿寒湖へ再び旅行することもできるだろう。たとえそれが物理的世界なのではなく、非物理的世界のことであったとしても、私は富士子との魂の絆を保てさえすれば、それで幸福感に浸ることができる。しかし、それだけでは富士子は喜んでくれないだろう。起きている時間の私の生活、それを充実させることを富士子は望んでいるはずだ。新しい絆には、過去の思い出だけではなく、新しい話題も必要だからだ。

そう考えて、私は富士子がお世話になった病院で、院内ボランティアに参加することにした。患者さんに診察室、検査室、レントゲン室等への行き先の案内をしたり、初めて来院された患者さんに診療申込書の書き方等のお手伝いをしたり、ご高齢の方や身体の不自由な方に車椅子のお世話をしたり。この病院は、がんと感染症を中心とする疾患の高度な医療サービスを行う特殊専門医療機関だから、患者さんや付き添いのご家族は大きな心痛を抱えている。私には、その気持ちが痛いほどわかる。少しでも親身になってよりそうことができれば、私が悲しみ苦しんだ経験も少しは役に立つだろう。そして、富士子も喜んでくれるはずだ。

私は今、第一章でみたカール・デュ・プレルの言葉を思いだしている。

『人間が将来的に発達してゆくことで、もしかしたら地上に生きている人間にも、死者の魂と交流することができるようになるかもしれないし、他の惑星に住む人々と言葉を交わすこともできるようになるのではないか』と。

また、第二章でみたケネス・リングの言葉も。

『臨死体験はその人の態度、信念、価値観を一変させる傾向があり、しばしば霊的覚醒の触媒となる。そして人類はいま新しい進化に向かう過渡的状態であり、その進化の方向は臨死体験に示されている』と。

魂が存在する非物理的世界とコンタクトする能力。それを回復・獲得するために、きっと、私たちは、そして私たちの魂は進化を続けることができるのだ。

そう思うと、私はとても幸せな気持ちになった。

12

突然、灯りがつく。

私たちは、大きな大きな桜の木の下でビニールシートを敷いて並んで座っている。

目の前には富士子が作ってくれた花見弁当が置かれている。

卵焼き、ミニハンバーグ、筑前煮、鯖団子、おにぎり。私の好きなものばかり。

桜は満開で春の暖かな微風に揺れ、かすかな香りを漂わせている。

何年振りの花見だろうか。

富士子は、満開の桜の樹を見上げて嬉しそうに微笑んでいる。

「卵焼き、明太子入れて海苔も巻いてきたよ。ひーちゃん大好きだったでしょ」

「うん」

私は卵焼きを頬張る。懐かしい富士子の卵焼きの味が口中に広がる。

私は花見に持参した缶ビールを開ける。

ほろ苦いのど越しが何とも爽快だ。

「また、今年も桜が見れたね！　これからひーちゃんが生きている限り、私も毎年、桜が見れるんだね。もう何も寂しくないでしょ！　また一緒になれたでしょ！　だから、長生きしてね、ひーちゃん！」と富士子が微笑む。

ありがとう、ありがとう、富士子。

私は富士子の手を握る。あいかわらず、柔らかくて暖かい。

早春の穏やかな日の中で、私はあふれる涙を心地よく感じている。

完

著者プロフィール

小幡 等（おばた ひとし）

1964年千葉県生まれ。

魂の絆

2025年3月15日　初版第1刷発行

著　者　小幡 等
発行者　瓜谷 綱延
発行所　株式会社文芸社
〒160-0022　東京都新宿区新宿1－10－1
電話　03-5369-3060（代表）
03-5369-2299（販売）

印刷所　株式会社暁印刷

ISBN978-4-286-26265-9